El Carnicero

de la

Taquilla

Smash Hit

Por

R.W.K. Clark

Publicado en los Estados Unidos por Clarkltd.
Po Box 45313 Rio Rancho, NM 87174
info@clarkltd.com

Primera Edición

Oficina de derechos de autor de Estados Unidos
Febrero 2017
Número de control de la Biblioteca del Congreso:
2017907163
Números de libros internacionales estándar
ISBN 13: 978-1948312516
ISBN -10: 1948312514
ASIN: B078GCQ2BZ

/180103

DEDICATORIAS

Dedico esta novela a mis maravillosos lectores y a todas las personas increíbles que he conocido y a las que no conozco. Para mi familia y seres queridos, todo su apoyo no será olvidado.

Gracias

PRÓLOGO

La boca de la mujer estaba abierta de par en par como si estuviera gritando con un dolor inimaginable, pero no se oía ningún sonido a excepción de un gorgoteo gutural.

Tenía los ojos fuertemente cerrados, y podía oír el revoltijo de voces de los médicos y enfermeras que trataban desesperadamente de guiarla productivamente por el dolor, pero sus palabras no significaban nada para ella en ese momento. La agonía y el dolor llegaron en oleadas que la hicieron prácticamente ciega y sorda en su agonía. Parecía que todo lo que podía hacer, todo lo que su mente le permitía, era continuar conteniendo el grito silencioso que luchaba por salir de su boca abierta.

"Ruth, cariño, intenta respirar", decía alguien.

La voz era familiar, y en lo profundo de su subconsciente sabía que era la enfermera de su médico, Dorothy Scott. Dorothy había demostrado ser más que solo la asistente del doctor de Ruth; ella había demostrado ser una amiga realmente sincera. Pero incluso Dorothy no pudo comunicarse con Ruth en el estado en que se encontraba. El hecho era que Dorothy era poco más que un oído atento antes de este día; incluso su leal y sincera amistad no había hecho nada para alejar a su amiga de la amargura y el odio que tenía en lo más profundo de su corazón. Esa misma amargura y odio demostrarían ser la muerte de su relación; Dorothy simplemente no sería capaz de gestionarlo al final.

Era una amargura y odio que estaba albergando hacia la chica que estaba trabajando para dar a luz en ese mismo momento.

"Ruth, escucha mi voz". Esta era la voz del Dr. Davis ahora. "el chico está saliendo, y va a ser hora de presionar". Aquí viene... ¡ahora prepárate!"

No tuvo que decírselo dos veces. Por primera vez en mucho tiempo, su boca se cerró y sus ojos se arrugaron. Su respiración se detuvo cuando empujó, y empujó con toda la fuerza que tenía. Todo lo que ella quería era terminar con el horror y el tormento de dar a luz a ese chico. ¿No era suficiente que ella tuviera que tenerlo?

"Buena chica", dijo. "Prepárate para hacerlo de nuevo, cariño. Toma aliento, y cuando estés lista, ¡empuja!".

Ella obedeció, porque su cuerpo la obligó. Las palabras del Dr. Davis no significaban nada en absoluto. Cuando la urgencia pasó, ella comenzó a jadear una vez más. El personal médico repitió "buen trabajo", y "buena chica", todo el tiempo. Ruth despreciaba lo que ella consideraba una actitud condescendiente.

"Ya es hora, Ruth, y el bebé estará aquí", dijo el Dr. Davis. "¡Uno, dos, tres, empuje!".

Ella obedeció, y resultó ser el empuje más corto y rápido de todos. Se abalanzó durante unos segundos, y de repente el cuerpo que había estado viviendo y moviéndose en su interior, salió de entre sus piernas con tal fuerza que pensó que podría haberle afectado las entrañas. Ruth no se habría sorprendido si lo hiciera; era un monstruo, después de todo.

De repente, fuertes y sanos gritos llenaron el aire, y el personal médico se regocijó y vitoreó. Ruth, abrumada por un repentino agotamiento, mantuvo los ojos cerrados y se concentró en respirar. El sonido del bebé gritando le fue indiferente; ella no tenía interés en sus gemidos.

"¡Es un chico, Ruth!", dijo Dorothy, con sus lágrimas alcanzando su voz. "Y él es perfecto, ¡hermoso!".

Ruth Cannon mantuvo los ojos cerrados mientras las enfermeras corrían para atender al pequeño recién nacido. No quería que nadie pensara que estaba interesada en nada de lo que sucedió allí. Ella quería despertarse y darse cuenta de que todo, en los últimos diez meses, había sido un sueño horrible. Pero incluso ella sabía que era demasiado pedir. Esa era la realidad, así que al menos deberían dejarla quedarse en su pequeño mundo.

Pero Dorothy no la dejó. "Aquí está él, Ruth. Es hora de abrazarlo; es hora de ver si amamantará".

Los ojos de Ruth se abrieron de golpe y se enfocaron en su amiga, que estaba parada a su lado sosteniendo al bebé envuelto. Dorothy estaba sonriendo y una sola lágrima corrió por su mejilla izquierda. Ruth sacudió la cabeza violentamente, la ira ardía en sus ojos.

"Pero Ruth, ahora es el momento de vincularse", continuó la mujer. "Decidiste tenerlo; este momento es esencial para los dos".

Ruth cerró los ojos una vez más, y esta vez negó con la cabeza con vigorosa fuerza. Todos en la sala se quedaron en silencio con sorpresa, pero a ella no le importó. Ninguno de ellos entendió de todos modos. Ninguno de ellos tenía una comprensión real de lo que estaba pasando o cómo se sentía, así que, en lo que a ella respecta, todos podían tomar sus miradas de reojo y llevarlas a otra parte.

Dorothy Scott miró a todo el mundo, y luego dijo: "Lo llevaré a la guardería y lo limpiaré bien". Tómate un tiempo, ¿está bien? Vuelvo en un minuto".

Ruth no respondió; simplemente mantuvo los ojos cerrados y la cabeza vuelta hacia otro lado.

Cuando Dorothy salió de la habitación, los otros fueron a trabajar en Ruth, cosiéndola y tratando con la placenta. Trabajaron en silencio, inseguros de cómo actuar hacia una mujer que simplemente se negaba, y con firmeza al respecto, a sostener a su propio hijo recién nacido. Uno por uno, cuando completaron sus tareas, abandonaron la sala para pasar a otras cosas. Por fin, el único que quedaba era el Dr. Davis. Levantó un taburete de metal y se sentó al lado de Ruth.

"Entiendo las circunstancias de este nacimiento, Ruth. Después de todo, he estado contigo durante todo el embarazo", comenzó. "Y tratamos de lidiar con esto de varias maneras. Tú conocías tus opciones: darlo en adopción o quedarte con el chico. Estabas decidida a mantener al chico. Ahora es el momento de superar las circunstancias bajo las cuales llegó. Es hora de ser madre, a menos que hayas decidido darlo en adopción, por supuesto".

Ruth negó con la cabeza. Podía sentir lágrimas de frustración surgiendo detrás de sus ojos. Ella mantendría al chico, pero tenía sus propios motivos.

"Bien", continuó mientras le daba palmaditas en el hombro. "Ahora, ten en mente que el chico te necesita y sigue el programa. ¿Ya has decidido un nombre?".

Ruth asintió con la cabeza, y el doctor sacó una almohadilla de la chaqueta que se había puesto después de limpiar. Él le entregó el objeto junto con un bolígrafo. Ruth no había podido hablar desde que quedó embarazada y solo podía comunicarse escribiendo.

"Donovan James", escribió ella.

Ella le devolvió los objetos y luego se alejó. Ella no quería tratar con él, o con toda esta realidad, antes de lo necesario. Le pareció que el tiempo le había dado unos momentos extra para recuperarse antes de tener que enfrentar su decisión de quedarse con el pequeño demonio.

"Ese es un nombre bueno y fuerte, Ruth". El Dr. Davis se levantó y bajó la mirada hacia su paciente. Él esperaba que saliera adelante y que entrara en razón a su responsabilidad, pero su ceño fruncido indicaba duda. Ruth Cannon sufría un estrés postraumático grave.

"Regresaré a ver cómo te encuentras antes de irme", dijo, "y te veré mañana. Intenta descansar, Ruth; lo necesitarás".

Una vez dicho eso, se fue. Giró la cabeza, miró la puerta cerrada por la que recién había cruzado, y se burló. Nadie entendía, y nunca lo harían. ¿Acaso no sabían que ella no había elegido quedarse con el bebé por amor o deseo? ¡No! Esto no tiene nada que ver con alguna de esas cosas.

Esto era por una venganza indirecta, y estaba segura de que al final la haría sentirse mejor acerca de todo.

Pasaron alrededor de 15 minutos cuando Dorothy volvió a la sala. Venía cargando al bebé en sus brazos. Estaba envuelto en una manta azul muy limpia y lucía una pequeña gorra azul en la cabeza. Se encontraba hurgando, con los ojos bien cerrados, tratando de encontrar un pecho que pudiera mamar. Cuando Dorothy se paró junto a la cama, sostuvo la cabeza del chico en la curva de su codo para que Ruth pudiera verlo.

"¿No es simplemente hermoso?", le preguntó.

Ruth sonrió y cerró los ojos para evitar que las lágrimas llegaran. Después de un momento ella los abrió y le dio a Dorothy un solo asentimiento, indicando que estaba lista para tratar de sostenerlo y alimentarlo. Dorothy lo entendió de inmediato, y ella sonrió con alivio.

"La lactancia puede ser difícil para algunos", continuó la enfermera. "Te ayudaré para que puedas adaptarte lo más rápido posible".

Una vez que se aseguró de que Ruth lo estuviera abrazando adecuadamente, ayudó a guiar la boca del chico hacia el pezón de Ruth. Estaba muerto de hambre, y comenzó a mamar furiosamente. El dolor inicial hizo que Ruth gritara y se estremeciera, pero simplemente rechinó los dientes y decidió superarlo.

Después de un momento, Dorothy dijo: "Voy a comenzar con el papeleo del registro de nacimiento. ¿Estarás bien por un momento, Ruthie?".

Ruth asintió, con sus ojos aún cerrados. Tan pronto como oyó que se cerraba la puerta de su habitación, abrió los ojos y miró al bebé que estaba en brazos. Donovan, pensó para sí misma con disgusto. Era un nombre que siempre había odiado, por lo que era perfecto para un chico al que odiaba en el mismo grado.

"Tú eres la única justicia que tendré", pensó para sí misma mientras lo miraba con una sonrisa burlona. Nunca conocerás mi amor, porque te prometo que nunca te lo daré.

Una vez más cerró los ojos y echó la cabeza hacia atrás. Los sonidos sordos que hizo el chico le revolvieron el estómago. Este asunto de la enfermería iba a ser la peor parte, pero era esencial para mantenerlo con vida.

Tenía que estar vivo si ella iba a devolverle todo el dolor que tenía y que iba a causarle.

CAPÍTULO 1

"No puedo esperar hasta el viernes. ¡Se supone que es la mejor película de todos los tiempos!".

El sol de Los Angeles brillaba intensamente sobre las dos chicas mientras avanzaban hacia Gatewood High School. Se alzaba majestuosamente ante ellas, y los estudiantes se movían alrededor del edificio mientras las chicas caminaban hacia el edificio y charlaban. El sonido de la risa y las bromas llenó el aire de otoño, y la totalidad de la mañana apestaba a una satisfacción despreocupada.

"Mi mamá y mi papá me dijeron anoche que no puedo ir". La voz de Jennifer Schmidt estaba cargada de decepción. "Tú sabes cómo son: No puedes ir sola sin alguien que te acompañe. Conociendo mi suerte, ni siquiera podré casarme hasta que tenga cuarenta y tantos años.

Su mejor amiga, Lauren Connors, se detuvo en seco y se volvió hacia ella. "¿Qué quieres decir con que no puedes ir? ¿Por qué no me dijiste esto por teléfono anoche?".

"No me enteré hasta que colgamos", respondió la chica. "Lo peor es que esta es la única película que realmente he estado esperando. Desde que descubrí que salía la nueva película de Miles March, he estado planificando verla. Uf, me siento terrible por eso. ¿Pero qué puedo hacer al respecto? No hay forma de que mis padres me permitan asistir a algo en la oscuridad de la noche y con chicos alrededor. Tú lo sabes, Lauren".

Lauren le sonrió astutamente. "Podrías escabullirte. No sé. Tal vez diles que estás cuidando a alguien y ve de todos modos".

"Nunca funcionará", dijo Jennifer. "Me llaman y están pendientes de mi cada vez que cuido chicos, y llaman al teléfono de la casa donde estoy. Ni siquiera puedo mentir porque no llamarán a mi celular".

Lauren negó con la cabeza con frustración. "Escucha, tus padres siempre salen el fin de semana. Tal vez lo hagan este viernes también".

Comenzaron a caminar de nuevo una vez que notaron que la multitud de chicos comenzaba a menguar. "¡Es cierto, ellos saldrán! Tienen algún tipo de banquete de beneficencia para alguna caridad estúpida en la que mi madre está metida, el 'Fondo de Derechos de Víctimas del Menor', algo de educación acerca del abuso infantil. Pero si me atrapan eso significaría que se dispararía toda esperanza de obtener un automóvil para mi decimosexto cumpleaños. No solo amenazarían como tus padres; me harían esperar hasta el año que viene seguro".

Las chicas aceleraron y Lauren dijo: "Mira, hoy es apenas lunes. Todo lo que tienes que hacer definitivamente es no mencionar la película de aquí a entonces. Están tan ocupados que se les pasará por la cabeza que querías ir, si es que aún no lo ha hecho. Quiero decir, ¿cuándo fue la última vez que les mencionaste la película? Luego vienes conmigo y Chad, y los tres nos llevamos el mayor susto de nuestras vidas juntos en esa película. Incluso iremos a la primera función; estarás en casa a las nueve".

"Se va a agotar rápido, Lauren", respondió Jennifer mientras subían los escalones principales y corrían por las puertas.

"Conseguiremos nuestras entradas en internet, hoy mismo, mientras estamos en la escuela".

Esto frustró a Jennifer aún más. "¿Cómo? ¿Con qué? Mis padres no me dejan tener acceso ilimitado a la tarjeta de crédito familiar como los tuyos. No funcionará".

"Entonces compraré el tuyo por ti", dijo Lauren a la ligera. "Puedes hacer mi tarea de álgebra para pagarme".

Jennifer no pudo evitar sonreír. Ella no era de las personas que abiertamente desobedecían a sus padres, pero a veces solo eran un dolor de cabeza. Después de todo, era solo una película, y probablemente todos los chicos de su edad en la escuela la iban a ver. Sus padres no estarían en casa hasta las once o las doce del viernes, y sabía que podía salirse con la suya, pero pensar en eso la ponía nerviosa. La sola idea de ver la nueva película de Miles March y escabullirse para hacerlo le produjo una doble dosis de mariposas en el estómago, y le gustó.

"Bien", admitió. "Tú la compras, y luego te la pagaré de alguna manera, pero no estoy segura de hacer tu tarea, Lauren. Tú también necesitas aprender eso".

Lauren le dio una palmada en el hombro cuando se detuvieron frente al aula de inglés de Jennifer. "Está bien, hermana. Nos vemos en la sala de estudio".

Jennifer apartó todos los pensamientos de la película de su mente lo mejor que pudo por el resto del día. Resultó difícil; después de todo, parecía que todos los demás estudiantes de Gatewood hablaban de la película sin parar. No se permitió pensar en eso hasta que llegó a casa esa tarde.

Entró a través de la puerta de su casa y la encontró tan quieta y silenciosa que uno podría haber pensado que estaba abandonada; nada nuevo para Jennifer. Con un médico como padre y una abogado como madre, encontrar a alguien en casa después de la escuela era raro. Hacía tiempo que había dejado de importarle.

"Hola a todos, estoy en casa", afirmó suavemente.

Ella no gritó la frase, más bien, lo dijo sarcásticamente y por lo bajo. Jennifer colocó su bolso en las escaleras para llevarlo a su habitación y se dirigió a la cocina para tomar un refrigerio. Al menos siempre había más que suficiente comida en el refrigerador. No era que sus padres fueran padres pobres; proporcionaron a su hija cuanto necesitaba, y le enseñaron sobre responsabilidad, lo correcto y lo incorrecto. Simplemente nunca estuvieron cerca; su atención era una línea muy delgada.

Echó un vistazo a la nevera y al congelador antes de centrarse en una caja de rollos de pizza. Mientras los ponía en un plato y los metía en el microondas, pensó en cómo su padre odiaba ese tipo de comida, pero se iba tan a menudo que no sabía que tipo de comida compraban. Su madre simplemente tenía cuidado en las noches en las que los tres comían juntos, asegurándose de preparar y servir comidas saludables y abundantes, eso mantenía feliz a papá. Jennifer sonrió levemente ante sus propios pensamientos mientras ponía el temporizador en el microondas con anticipación y se servía un vaso de leche.

"Lo siento, papá, pero no lo siento".

Encontrar un video musical en la pequeña pantalla plana que colgaba de la pared de la cocina hacía que los tentempiés supieran aún mejor, y pronto ella se dirigía a su habitación para comenzar con los libros. Para cuando terminó su tarea, todavía estaba sola en la casa, y estaba más que lista para echarse a la cama. Se duchó, luego se puso cómoda y tomó su teléfono para marcar rápidamente a Lauren.

"Hey chica. ¿Qué tal?". El saludo de Lauren era siempre el mismo.

"Estoy demasiado cansada", respondió ella. "Pensé en decir buenas noches. ¿Trabajaste en ese informe de historia?".

"¡Por supuesto que no! Y buenas noches, entonces", dijo Lauren. "Mejor descansa un poco. Tengo una entrada para ti para el viernes. Reza para que pase la semana rápido, ¿está bien?".

Jennifer sintió una oleada de alegría. Iba a salir de la casa, para variar, y no podía esperar, sin mencionar el hecho de que su salida consistía en ver la nueva película de Miles March. "Gracias. Estaré más que lista, y te devolveré el dinero lo antes posible".

Colgó y sacó una revista de celebridades de su cajón de la mesita de noche. La portada mostraba una foto de Miles March, un productor y director extraordinario. Era tan guapo, con cabello oscuro y unos ojos azul claro que estaban llenos de confianza. Jennifer se preguntó si estaba casado; nada de lo que ella había leído sobre él realmente daba la respuesta. Todo lo que sabía era que había sacado algunas de las mejores películas de terror de todos los tiempos, y se suponía que su nuevo, Smash Hit, era el mejor hasta ahora.

Estaba segura de que sería como la mayoría, pero de acuerdo con todos los artículos, tanto los efectos como el argumento eran inquietantes y muy realistas. Los críticos dijeron que no era simplemente "una historia de terror más". Jennifer, siendo la admiradora de March que era, estaba más que dispuesta a asustarse hasta la muerte. Qué manera de morir, ¿eh?

Puso la alarma y se acurrucó, con una leve sonrisa en su rostro mientras consideraba los horrores que estaban esperándola a ella y a sus amigos el viernes por la noche.

R.W.K. Clark

CAPÍTULO 2

La multitud abarrotada de adolescentes y adultos que salía del edificio Savoy Multiplex era caótica. Los adolescentes saltaban uno sobre el otro, fingiendo un asesinato apuñalándose o cortándose. Las chicas gritaban cuando los chicos se escabullían de las esquinas y las agarraban. Era casi imposible atravesar las puertas principales del estacionamiento, pero después de una larga lucha, Jennifer, Lauren y el novio de Lauren, Chad, finalmente salieron al aire fresco de la noche. Fue como escapar de la prisión.

La emoción en el aire era como la electricidad para todos al salir de la película. Cuando los tres comenzaron a alejarse del cine, se detuvieron y se volvieron para ver a los otros chicos. El estacionamiento era tan ruidoso e insoportable como el vestíbulo interior, pero era mucho más fácil disfrutar del paisaje cómico en un lugar espacioso. Los chicos se reían y bromeaban con todos los que caminaban cerca de ellos, hasta que se separaron para dirigirse en su propia dirección.

Los tres se habían conocido en Delphi Park y luego caminaron hacia la película esa misma tarde. Ninguna de las chicas tenía sus licencias aún, y Chad, que tenía dieciocho años, se había llevado su auto por su padre, un gran ejecutivo. Parecía que Chad no había sacado nada más alto que una 'D' en las dos últimas libretas de calificaciones, e incluso había tratado de encubrir el primer informe, y prácticamente se había salido con la suya, también. Al menos, lo hizo hasta que la escuela llamó a su padre sobre el segundo. Entonces quedó en evidencia.

"¿Qué te pareció? ¿Fue loquísima, o qué?". Los ojos de Chad estaban encendidos con la emoción natural al salir de una buena película de terror, como todos los demás. "¿Cuál fue tu parte favorita, Lauren?".

La chica se estremeció. "No sé si tuve una parte favorita. Es bastante espeluznante ir a una película donde los chicos son asesinados después de una película, y luego levantarse y salir del cine. Pero tengo que pensarlo. ¿Tuviste tú una parte favorita, Jen?".

"No diría 'favorita', pero hubo una parte que me asustó mucho", respondió mientras miraba a su alrededor.

Lauren y Chad esperaron a que ella se los dijera, luego perdieron la paciencia. "¿Cuál fue?".

"Fue la parte donde la chica y su amiga, al principio, dejaron el cine y caminaban hacia su casa, tal como estamos ahora", dijo. "Supongo que la forma en que el tipo se acercó a ellas, y estaban tan dispuestas a hablar con él, pensando que podían confiar en él. Eso me asustó demasiado. Y ahora aquí estamos, caminando a casa". Ella sonrió, pero estaba temblando por el recuerdo.

El trío siguió recordando escenas y bromeando juguetonamente durante varias cuadras, luego Chad dijo: "Aquí me despido. ¿Van a estar bien ustedes dos? ¿No creen que el asesino de la taquilla las atrape, verdad?".

Su referencia a la película hizo sonreír a ambas chicas. Lauren y Chad se abrazaron para despedirse, así que Jennifer comenzó a adelantarse lentamente. Lo mejor es darles privacidad, incluso estando en una calle oscura y tranquila. La noche estaba quieta, y el aire tenaía la temperatura perfecta. Ella cerró los ojos e inhaló profundamente; los olores a su alrededor la hicieron sonreír.

De repente, una mano se le estrechó fuertemente en el hombro. Jennifer saltó y gritó, girándose para ver a Lauren casi en silenciosa histeria. Ella quería abofetear a su amiga.

"¡Oh, Lauren! ¡Qué diablos!". Su mano estaba sobre su corazón, y el golpeteo era como un tambor latiendo como loco en su pecho. "¡Eso no está bien! ¡No está bien!".

Lauren se controló. "Lo siento. Tienes razón. Me hubiera enfadado mucho más si me lo hubieras hecho a mí. Vamos".

La chica agarró a Jennifer de la mano y comenzaron a caminar una vez más. "Creo que debería escabullirme y casarme con Chad, ¿verdad?".

"Hum, tienes quince años", replicó Jen, con un sarcástico tono de sorpresa. "Ni siquiera se graduará al ritmo al que va. Solo espera. Quiero decir, si debe ser, debe ser".

"¡Hey!".

Un fuerte grito detrás de ellos las sobresaltó a las dos esta vez. Giraron simultáneamente para ver quién era. Lauren inmediatamente mostró una amplia sonrisa.

"Quiere otro beso, ¿ves? Vuelvo enseguida".

La chica comenzó a correr hacia su novio entusiasmada, pero Jennifer se quedó atrás, sonrojándose un poco. Ella estaba un poco celosa; tener un novio debía ser agradable. Pero ella tenía otros planes por el momento, como prepararse para su futuro. A veces deseaba que Lauren pensara de forma un poco más responsable.

Lauren se acercó a Chad, y Jennifer pudo escuchar su risa, y luego dijo algo más, pero Jen no pudo entenderlo. De repente, justo cuando ella lo alcanzó,

Jennifer se dio cuenta de que algo no estaba bien. Sucedió tan rápido que casi no pudo notarlo. Entonces la golpeó: parecía llevar la chaqueta escolar de Chad, pero mientras Lauren se acercaba, se dio cuenta de que el tipo era demasiado alto en comparación con Lauren para ser Chad.

El hombre se detuvo con su brazo en alto, y luego lo bajó violentamente, en lo que parecía ser un golpe. Lauren lanzó un grito gutural, y él repitió la acción, pero cuando se apartó, Jennifer vio una corriente de sangre volar por el aire, incluso bajo la luz de la calle cercana. Volvió a ocurrir una y otra vez, hasta que Lauren terminó en el suelo con él golpeándola.

Jennifer estaba petrificada en el sitio. No podía gritar, pero en su mente estaba gritando con todo lo que tenía. De repente, se le ocurrió que estaba allí, y parecía que él estaba terminando las cosas.

Ella se movió de su lugar como en un disparo. La cabeza del hombre se dobló justo a tiempo para verla cruzar una esquina y desaparecer de la vista, y él se levantó de un salto para seguirla. En su mano derecha, apretaba un gran cuchillo con dientes en la punta, y llevaba una máscara en la parte inferior de la cara, aunque su cabello era natural y lo llevaba suelto. Estaba sonriendo mientras corría, porque la persecución era su parte favorita.

Pero cuando dobló la esquina, Jennifer no estaba en ninguna parte. La calle estaba completamente muerta y silenciosa, no podía verla por ninguna parte. Se giró y se quitó la máscara. Mientras se dirigía a varios de arbustos cercanos al cuerpo de la chica, envolvió su cuchillo en la máscara y se lo metió en un bolsillo interior de su abrigo. Pronto estaba oculto entre las ramas y podía ver perfectamente el cuerpo empapado de sangre. Estaba muerta.

Uno menos, quedaban seis.

CAPÍTULO 3

Poco sabía la chica que sus padres ya estaban en casa, habían descubierto su ausencia y la esperaban pacientemente para enfrentarse a ella. A pesar de todo, dejaron de pensar en el castigo cuando ella regresó llorando histéricamente y tratando de contarles lo que le había sucedido a Lauren.

El camino de entrada a la casa de Jennifer Schmidt mostraba dos coches policía estacionados enfrente, con sus luces aún parpadeando. Había tres en la zona, y uno de ellos salió para encontrarse con una ambulancia en el lugar donde Jennifer les dijo que mataron a Lauren. Ya había contado toda la historia a sus padres y luego a la policía. Ahora, ella se sentó en un especie de trance, exhausta, recordando el violento ataque a su amiga. La película que habían visto antes del asesinato de Lauren estaba fuera de su mente.

Un joven oficial con el cabello rubio y una radio de policía en la mano entró por la puerta principal después de un breve golpe.

"Señora, señor, soy el oficial Carson", le dijo a sus padres, y luego a un detective. "Detective Harmes, ¿puedo hablar aquí con usted aquí, por favor?".

El detective que había estado tomando la declaración de Jennifer se levantó y les hizo saber que él estaría de vuelta, pero la chica no tenía conciencia de que se dijera algo a su alrededor. Todo lo que podía ver en su mente era que su amiga había sido atacada hasta la muerte, y estaba en un estado de shock grave. Incluso el murmullo de su madre en su oído no hizo nada para llevarla a la realidad.

El detective regresó y se sentó. "Jennifer", comenzó. "Escucha, cariño, sé lo difícil que es para ti, y no puedo imaginar tu dolor, pero necesito que te quedes con nosotros ahora mismo. Te necesitamos si queremos atrapar al tipo que le hizo esto a tu amiga Lauren".

Después de un momento ella se volteó, y sus ojos buscaron su rostro. Escuchó lo que él dijo, y algo dentro de ella fue capaz de entenderlo correctamente. Él estaba en lo cierto; su mejor amiga en el mundo había sido asesinada, pero ella estaba a salvo. Ella necesitaba ser fuerte.

"Está bien", dijo en nada más que un susurro. "Pero ya te dije todo; ¿Qué más puedo hacer?".

Su rostro despedía tanta compasión como pudo reunir, y habló con la voz más suave y amable que tenía. "Necesito que pienses en todo de nuevo. Al principio iba a decir que Chad Bryant, el novio, era nuestro principal sospechoso. Desafortunadamente, el cuerpo de Chad fue encontrado en un callejón a solo una cuadra de su casa. Necesito que pienses en todo lo que ocurrió desde el principio".

Los ojos de Jennifer se agrandaron y se llenaron de lágrimas una vez más. Su rostro también había cambiado, como si acabara de darse cuenta. Ella negó con la cabeza y dejó que las lágrimas cayeran libremente.

"¡Es como la película! ¿No lo ves? ¡Es como la película!".

"¿La película en la que estabas antes del incidente?", preguntó el detective Harmes.

Ella asintió rápidamente. "¡Sí! En el primer asesinato, había dos chicas caminando solas en la escena, ¡pero habían estado con el novio de la primera víctima! ¡Los tres se separaron en el cine, y ella fue asesinada por alguien que parecía familiar y la llamó! Al igual que Lauren. ¡Después de eso, el novio también fue encontrado muerto! Dios mío, esto me pone enferma".

Jennifer se levantó de su silla y desapareció de la habitación. Harmes comenzó a frotarse la frente como si pudiera sentir un dolor de cabeza. "Dr. y la Sra. Schmidt, realmente necesito que ella vuelva a analizar las cosas. Este nuevo caso con el joven, bueno, me dejó perdido. A decir verdad, nos dejó perdidos a todos. Ahora su hija saca a colación una escena en la película que le recuerda los asesinatos. Estoy empezando a pensar que un estudiante de secundaria enfermo decidió actuar según sus fantasías y probar el doble homicidio".

"Escuche, detective", dijo Ralph Schmidt con voz gélida, "creo que es hora de que le dé un tranquilizante y la lleve a la cama. Ella ha sufrido un trauma aterrador. Como su padre, me preocupa su estado de ánimo. Como doctor, su salud. Debo insistir en que suspendamos el resto de la entrevista hasta mañana".

"Entiendo", respondió Harmes mientras se ponía de pie otra vez. "¿Puede llevarla a la estación por la mañana, digamos alrededor de las diez?". Se sacó una tarjeta de visita de la chaqueta y se la entregó. "Estaré allí temprano, si acaso voy a casa esta noche. Probablemente no tendremos un día libre hasta que atrapemos a este tipo".

"Claro, a las diez en punto", respondió Ralph Schmidt con un gesto resignado. El hombre parecía cansado de Harmes. "Gracias por su comprensión".

Las manos se agitaron por todas partes, y luego el señor Schmidt fue tras su hija para cuidarla. Su madre acompañó a todos a la salida y cerró la casa. Cuando Harmes entró en su automóvil, vio que las luces del nivel inferior de la casa se apagaban una a una.

Había un maníaco suelto, y obviamente la Sra. Schmidt no quería que estuviera cerca de su familia.

R.W.K. Clark

CAPÍTULO 4

La única luz en la habitación era el parpadeo reflexivo de un gran televisor de pantalla plana. Estaba montado encima de una chimenea, pero no había fuego. Solo la reproducción de la película, el sonido en mínimo y la luz azulada que parpadea en todo el espacio oscuro a su alrededor.

El hombre estaba sentado en una silla reclinable de cuero rojo, pero estaba en posición vertical. Sus brazos estaban colocados casualmente y cómodamente sobre los apoyabrazos, como si estuviera meditando o tomando una siesta. Pero mientras su cabeza descansaba hacia atrás, sus ojos estaban abiertos de par en par, y estaban concentrados en las sangrientas imágenes que salpicaban la pantalla. Los dedos en su mano derecha se movieron al ritmo de las puñaladas y gritos en el set en la pared.

"Termina con ella", siseó con una sonrisa burlona.

De repente, el asesino de la película sujetó la cabeza de la chica por su largo y exuberante cabello. Ella dejó escapar sollozos, pero fue en vano. De repente, con un solo giro de su brazo y un corte de su cuchillo, la chica había muerto. Descubrió que toda la escena era más que estimulante, sin importar cuántas veces la hubiera visto. La escena le dio al hombre una gran... liberación.

Ahora, el hombre en la silla dejó escapar un largo y desigual aliento. Él había estado en éxtasis cuando mató a la chica más temprano esa noche. El asesinato del chico ocurrió tanto por planificación como por necesidad, y fue rápido y fácil. Después de todo, necesitaba la chaqueta escolar que llevaba si iba a intentar acercarse a su verdadero objetivo, y su estratagema había funcionado perfectamente. También era muy importante que se mantuviera tan fiel al guión como fuera humanamente posible.

Él pensó que había hecho un trabajo maravilloso.

Ver la película en la que se basaron los dos asesinatos no fue tan bueno, aunque la escena que había copiado lo excitó cuando la vio.

Él había ido a la película y se había sentado en el balcón. Era importante elegir los correctos, por lo que la observación era clave. Mientras tanto, había tomado un video de toda la película en su teléfono celular. De esa manera lo tenía a mano, no es que lo necesitara. Tal vez simplemente disfrutaba de su compañía.

Sus primeras víctimas habían sido lo suficientemente fáciles de seleccionar, y con el tamaño de la multitud, seguirlas a pie había sido como quitarle caramelos a un bebé. Honestamente, había tomado poco o ningún esfuerzo elegirlos, y eligió bien. Ahora disfrutaba del recuerdo del Primer Acto.

Él siempre supo qué hacer; después de todo, él era el mayor fan de Miles March, más grande que cualquiera de ellos. Nadie sabía mejor que él lo que Miles March era capaz de crear. Pero él lo sabía, y se aseguraría de que el resto del mundo también lo supiera.

Sonrió mientras veía la misma escena una vez más. Rebobinaría varias veces antes de que terminara la noche. Después de todo, tenía que estar bien preparado para su próxima cita.

Otra obra maestra en ciernes.

∞

"No puedo decirte cuánto apreciamos que bajes esta mañana, Jennifer". El detective Harmes colocó una lata de refresco dietético sobre la mesa frente a ella. "Parece que te sientes mejor. ¿Cómo estás?".

Jennifer se encogió de hombros. "Tan bien como podría esperarse, supongo", respondió ella. "Quieres que te diga lo que pasó otra vez, ¿verdad?".

Ralph Schmidt intervino. "Mi hija todavía puede estar un poco aturdida por el tranquilizante que le administré anoche, así que tenga paciencia con ella".

Harmes asintió con la cabeza hacia el hombre y se volvió hacia Jennifer. "De nuevo, lamento hacerte pasar por esto. ¿Estás lista?". La chica hizo un gesto de afirmación, así que apretó el botón de una pequeña grabadora de mano. "Este es el Detective Kevin Harmes del Departamento de Policía de Los Ángeles, División de Homicidios. Esta es la declaración de Jennifer Schmidt con respecto a los asesinatos de Lauren Connors y Chad Bryant. La fecha es 14 de octubre de 2016 y la hora es 1005 horas. Adelante, Jennifer".

La chica comenzó a hablar, contándole su perspectiva sobre los eventos que habían tenido lugar la noche anterior. Comenzó con ella y sus dos amigos dejando la película, y le dijo a Harmes que los tres habían caminado una distancia específica antes de que Chad se separara de ellos. Jennifer relató exactamente qué calle tomó para irse a casa, y también le dijo al detective, con lágrimas en los ojos, cómo Lauren la había asustado por diversión, y la forma en que su mejor amiga se había reído al respecto. Finalmente, la chica comenzó a contar, en detalle, lo que sucedió a continuación.

"Cuando Lauren terminó de burlarse de mí, nos tomamos de la mano y comenzamos a caminar de nuevo. La calle estaba oscura, pero las luces de la calle estaban encendidas. No me sentí amenazada; ambas estábamos de buen humor. Incluso ella estaba hablando de huir para casarse con Chad".

Jennifer hizo una pausa y arrebató un pañuelo de papel de una caja sobre la mesa, que usó para sonarse la nariz. "Entonces, mientras estábamos caminando, alguien gritó, -¡hey!-".

"¿Fue la voz de un hombre, Jennifer?", preguntó el detective Harmes amablemente.

La cabeza de la chica se balanceaba arriba y abajo. Las lágrimas se formaron en sus ojos nublados, y una goteó por su mejilla ya húmeda. "Sí. Era la voz de un hombre. Tenía una voz profunda, supongo. Más profunda que la de Chad. No sé por qué no pensé en eso entonces. Dimos vuelta para ver quién era, y se parecía a Chad, incluso a mí me dio esa impresión. Él tenía su chaqueta escolar y todo. Estaba parado allí, justo en la intersección donde Chad había cruzado. Llevaba puesta una chaqueta de Gatewood High, ¡y nos pareció que era Chad!"

Las lágrimas se derramaban rápidamente ahora, por lo que Harmes hizo una pausa y sacó un par de pañuelos de papel más y se los entregó a la desconcertada joven de secundaria. Siempre había tantas víctimas cuando se tomaba una vida; Lauren y Chad fueron dos de ellas. Todas las personas que los conocieron cambiarían para siempre, y eso lo enfermó.

Después de sonarse la nariz, Jennifer continuó. "Lauren pensó que Chad quería otro beso de despedida". Jennifer sonrió ante el recuerdo. "Ella se fue hacia él. Me quedé donde estaba; A nadie le gusta ser la tercera rueda. Recuerdo que me sentí un poco celosa. Ya sabes, porque estaban enamorados. Ahora me siento culpable por pensar de esa manera. Tengo el resto de mi vida para encontrar mi amor; ¡La pobre Lauren nunca irá al baile!"

Ella se rompió en otro estallido de lágrimas. Harmes siempre apreciaba los momentos en que llegaba el llanto. Le daba tiempo para pensar, y le daba tiempo a la aflicción para ser procesada. Él fue paciente en todo momento.

"¿Exactamente cuándo supiste que algo no estaba bien, Jennifer?". Harmes pudo preguntar al fin.

La cara de la adolescente se arrugó de inmediato al recordar el incidente. "Me parece que algo dentro de mí sabía que no todo estaba bien desde el principio. Estaba bajo la luz de la calle, pero su rostro estaba totalmente bajo las sombras. Pero lo que llamó mi atención fue cuando Lauren se acercó... se acercó más a él. Algo en mi mente me hizo pensar que Chad se había vuelto más alto. Entonces me di cuenta de que la persona era mucho más alta en comparación con Lauren que Chad. El tipo era demasiado alto".

Jennifer hizo una pausa por un momento antes de dejar que sus palabras salieran en un arrebato de emoción a la vez. "Desearía no haber dejado ir a Lauren. Debería haberla agarrado del brazo y haberla hecho ir a casa. Debería haberla arrastrado si tuviera que hacerlo, pero no lo hice. ¡Debería haberla arrastrado pateando y gritando por la calle!".

Pero Harmes sabía que no había forma de cambiar los hechos: no lo había hecho, y lo que sucedió, sucedió. Él asintió con simpatía y se quedó quieto mientras la chica lloraba en la sala de entrevistas por última vez. Pensó que ella querría detenerse, y se sorprendió cuando ella dejó de llorar bruscamente y continuó.

Jennifer tomó una respiración profunda. "De repente, el hombre levantó su brazo en el aire y giró su puño hacia ella. Creí que la había golpeado; así era como me parecía. ¡Pero cuando devolvió su puño, la sangre simplemente salió volando!". Ella se detuvo de nuevo, esta vez con lágrimas cayendo por su rostro como si espitas habían sido giradas detrás de sus ojos, pero no soltó un solo sollozo. Ella solo se miró las manos en su regazo, sus ojos goteando profusamente.

"¿Podemos tomar un descanso?". Celia Schmidt estaba alarmada. "Tal vez solo necesita tomar un respiro". La mujer había comenzado a masajear suavemente los hombros de su hija.

"Estoy bien". Jennifer levantó su mano y consiguió que su respiración estuviera bajo control. "Fue cuando vi toda esa sangre que supe que la estaba apuñalando, y lo hizo una y otra vez. No pude moverme; debería haberlo hecho, pero simplemente no pude. Era como si me congelara, y todo lo que podía hacer era mirar lo que estaba sucediendo. Ahora parece que todo sucedió en cámara lenta, como si realmente no fuera real. Lo siento, Lauren; lo siento mucho".

El Detective Harmes apagó la grabadora. "Jennifer, tómate tu tiempo; toma un descanso como dijo tu madre, si quieres".

La chica obstinada negó con la cabeza y se volvió hacia su madre. "Solo tienes que entender que voy a llorar. Pero da igual, tengo que hacer esto, soy la única que puede".

Se adelantó y tomó otro pañuelo de papel de una caja en la mesa, se secó los ojos, se sonó la nariz y siguió.

"Estaba petrificada, pero prontó me desperté de repente. Salí de allí tan rápido como pude y supe que me veía porque podía sentir sus ojos. Luego, mientras corría, podía escuchar sus pasos a la vuelta de la esquina. Él había comenzado a perseguirme, pero hacía tiempo que me había ido. Me escondí detrás del vagón del señor Martenson, y vi que el tipo doblaba la esquina. Se detuvo y miró a su alrededor durante un segundo, luego corrió hacia donde veníamos. Regresé a casa lo más rápido que pude. Eso fue todo, detective Harmes. Eso fue todo lo que vi".

La habitación se quedó quieta una vez más, y Harmes apagó definitivamente la grabadora. Él la miró por un momento. "Dime ahora de forma no oficial, chica, ¿qué estabas diciendo que era como en la película?". Él quería aclarar primero; que si dejaba que ella le contara esto por la grabadora, sonaría nada más como desvaríos, y eso le quitaría validez al resto de la declaración. Pero quería saberlo, porque todo era importante en esta etapa del juego.

"Como dije, fue como en la película". Ahora sus ojos se iluminaron un poco, pero no por felicidad. Había estado pensando en las similitudes toda la mañana, y estaba contenta de que alguien escuchara. "Cuando caminaba con Lauren y Chad, él nos había preguntado cuáles eran nuestras partes favoritas de la película. Le conté sobre la primera escena de asesinato. Les estaba contando sobre esta escena porque pensé que era la más aterradora".

"¿Qué cosa resultaba aterradora?", preguntó Harmes.

Jennifer dio un encogimiento de hombros casi avergonzada. "En la película, dos amigas caminan hacia su casa y un tipo los grita desde una cuadra de distancia. Las chicas creen que lo conocen, y una de ellas se dirige a él, pero él es el asesino. Al igual que lo que le sucedió a Lauren. Fue exactamente lo mismo".

Kevin Harmes no respondió. Estaba pensando en lo que la chica acababa de decirle y observando su rostro de cerca. Sí, pensó. Probablemente fue un fanático del horror demasiado entusiasta el que había llevabo a cabo este trágico acto.

Estaba más que listo para rastrearlo y hacerle pagar.

CAPÍTULO 5

El hombre colgó el teléfono y se dirigió hacia la ventana. Era un hermoso día soleado, un día que lo hacía esperar a la noche, que seguramente llegaría. Tenía una cita esa noche, pero la había cancelado. Había cosas más importantes que hacer. La pelota estaba rodando ahora; era vital mantenerla así.

Levantando el teléfono una vez más, hizo una serie de llamadas cortas y luego lo colgó de una vez por todas. Ahora era el momento de enfocarse en las prioridades. Después de todo, si quería demostrar que era el mejor, no podía permitirse ser un vago en ningún departamento.

Se dirigió al gran gabinete de entretenimiento de roble en la esquina. Lo abrió y, luego de encender el televisor, pulsó play en el reproductor de DVD y luego se sentó. La segunda escena de asesinato de Smash Hit comenzó exactamente donde él quería. Era hora de prepararse para el Segundo Acto de su 'tarea'.

Una joven de largo cabello rubio y bonitos ojos azules, acababa de llegar a casa del cine, de ver una película de terror con sus amigos. Ella vivía sola en un pequeño bungalow al final de una calle tranquila, y estaba un poco asustada. La película había logrado asustarla bastante; incluso cuando abrió la puerta de su casa miró alrededor, aquí y allá. Tan pronto como abrió la puerta, entró y encendió la luz de la sala, luego hizo las rondas y encendió todas las luces de su casa.

Ahora estaba calentando una rebanada de pizza fría en el microondas. Encendió la radio y comenzó a cantar libremente con la canción que estaba sonando, era una canción que estaba en la cima de las listas de éxitos entre los oyentes de su edad. Luego, en el fondo desenfocado, apareció el extraño. Su cara no se podía ver, y ella no lo escuchó debido a la música. Él se mantuvo de pie y la observó en silencio, con un cuchillo largo y afilado en su mano, que sostenía despreocupadamente a su lado. No era más que un esbozo, una mancha, una sombra de lo que estaba por venir.

De repente, la chica se dio la vuelta y lo vio de inmediato. Un grito y él se movió con la gracia y la velocidad de un gato, corriendo hacia ella y dándole un solo golpe contundente en la cabeza. Salió volando hacia la pequeña mesa y las sillas de la cocina, desplomándose en el suelo, gimiendo y retorciéndose de dolor. Su largo cabello rubio estaba despeinado, y estaba cubriendo su rostro. Él se dirigió a la radio y subió el volumen. La chica hacía esto todo el tiempo, él lo sabía. Los vecinos no pensarían en nada extraño. Cuando él dio media vuelta, ella estaba saliendo de la cocina, y él no pudo evitar sonreír. La emoción de la persecución y todo. Incluso comenzó a silbar la melodía molesta que estaba sonando.

Tranquilamente, comenzó a perseguirla. Al igual que todos ellos, lloró, gritó y se tropezó con todo lo que tenía a la vista. Él se detuvo y la miró llegar a la puerta; fue muy entretenido verla actuar por miedo. Ella manipuló los cerrojos, desbloqueándolos todos, y luego tratando de abrirlos. Pobre chica; en su histeria ella no había notado el candado recién instalado en la puerta en la parte superior. Se puso de pie y observó, entretenido y emocionado mientras tiraba, tiraba y gritaba pidiendo ayuda. Cuando finalmente aceptó que la puerta no se iba a abrir, corrió hacia el pasillo y oyó cerrarse la puerta de su habitación.

Con una sonrisa y un chasquido de la lengua, se dirigió al dormitorio, donde pensó que se había escondido lo suficiente como para frenarlo. Cuando llegó a la puerta, agarró el pomo e intentó girarlo, pero, por supuesto, ella había tirado la cerradura. El asesino no jugó; le dio a la puerta una patada poderosa y la voló hacia adentro. La chica estaba en la cama, sollozando histéricamente, tratando de levantar la ventana.

"Esa ventana ha estado cerrada por años", le dijo con una voz calmada y tranquilizadora. "Lo sabes, Erika. No tiene sentido luchar, ¿sabes? ¡Este es tu destino!".

Ella saltó de la cama, tropezó por un segundo, luego trató de pasar corriendo, pero él agarró su exuberante melena y la tiró al piso. Ella lo miró mientras levantaba el cuchillo y lo agitaba.

"¡No! ¡Por favor!".

Tambaleándose sobre sus manos y rodillas, Erika trató de arrastrarse por la habitación. Él la dejó, por un momento. Pronto estaba sobre ella, y la agarró violentamente por su largo pelo, tirando de su cabeza hacia atrás con un chasquido. Con un único y hábil movimiento, él le acuchilló la garganta y la sangre brotó con gran fuerza. Brotó sobre sus manos, empapando sus guantes. Los ojos del asesino se volvieron vidriosos por la sensación del calor de la sangre; ¡oh, cómo deseaba poder tener las manos desnudas cuando hacía esto!

Cuando ella se desangró, él se apartó y observó a la chica temblar y gorgotear por última vez cuando su último aliento abandonó su cuerpo, pero tan pronto como ella dejó de moverse, se aburrió al instante. Se guardó el cuchillo en el bolsillo del abrigo y, de forma totalmente calmada, caminó por la casa saliendo por la puerta trasera.

Él estaba sonriendo, porque había sido demasiado simple.

Con el control remoto, el hombre apagó la película. No necesitaba verla de nuevo; él ya lo había hecho cientos de veces. Estaba listo. Incluso ya había elegido a la chica, lo había hecho desde hace ya algún tiempo. Esta fue una parte vital y perfecta del panorama general.

Esta noche sería su noche; hora del Segundo Acto.

∞

El detective Kevin Harmes se sentó en su oficina escuchando la grabación de la declaración de Jennifer Schmidt. Era sólida, como la primera vez que le relató el asesinato en su casa. Nada había cambiado. La diferencia era que ella detallaba un poco más la escena de la película con la que comparó el asesinato de Lauren.

Esa pequeña información persistía en su mente, y no la dejaría ir. Era lo de la película; Jennifer dijo que el suceso fue exactamente igual que el primer asesinato en la película. Kevin siempre había amado las películas de terror cuando era joven, pero no tenía mucho tiempo ahora que era adulto. La pasión se había escapado.

Pensó que podría hacer tiempo para ir a verla. Quizás incluso esa misma noche. Según las noticias, estaba barriendo la taquilla. Bueno, si tuviera tiempo, tendría que echarle un vistazo. Estaba seguro de que su corazonada de que un entusiasta fanático del horror era el perpetrador, era correcta, solo estaba mórbidamente curioso de cuán cerca había estado el asesino real de recrear el asesinato cometido durante la película.

Justo así de rápido, Smash Hit dejó sus pensamientos. ¡Por supuesto que el asesino era un chico que la había visto la noche anterior y decidió seguir sus instintos! El siguiente paso sensato era comenzar a hablar con los estudiantes de secundaria. Después de todo, ellos fueron los que más habían asistido. Alguien, en algún lado debía saber algo.

Harmes se puso de pie, agarró su libreta y se puso el abrigo. Es hora de ir a trabajar y encontrar a este tipo. Desafortunadamente, la única manera de hacer eso en este momento era salir a la calle y tocar puertas.

Iba a ser un sábado largo, pero planeaba pasar un buen rato cazando.

CAPÍTULO 6

"Oye, Kelly, alguien me envió tickets para ver esa nueva película de terror Smash Hit esta noche. ¿Quieres ir conmigo?".

Shannon Helms tenía muy pocos amigos en el área de Los Ángeles. De hecho, si Kelly Packard no lo fuera, no tendría ninguno. Ella había vivido en la ciudad dos meses, después de mudarse de Idaho a trabajar para su tío en su bufete de abogados. Era un trabajo que la ayudaría a ganar suficiente dinero para ir a la facultad de derecho por su cuenta. También ayudó el hecho de que su padre le hubiera alquilado la linda casita al final del callejón sin salida en Charleston Street. De lo contrario, ella nunca sería capaz de ahorrar.

"¿Quién te los envió?", preguntó Kelly.

Shannon frunció el ceño. "No estoy segura; creo que alguien de la oficina. Los acabo de recibir anoche, y es sábado, así que probablemente no lo averigüe hasta el lunes, pero estoy segura de que es alguien del trabajo. Si no fuiste tú, y dices que no, entonces nuestros compañeros de trabajo son los únicos que quedan. Así que, ¿me acompañarás? Realmente no quiero ir sola".

"No puedo, Shannon. Lo siento". Kelly fue sincera; ella quería ver la película que había sido llamada "la película más aterradora de todos los tiempos".

Shannon puso los ojos en blanco. "Ugh. No puedo ir sola. La ciudad es tan grande, es abrumadora".

"Bueno, la única forma en que te vas a adaptar es si te arriesgas", respondió Kelly. "Voy a cenar con Steve y no puedo cancelar. Creo que finalmente se me va a proponer. Solo ve, Shannon. Lo disfrutarás, luego, la próxima vez que hablemos, puedo informarle sobre mi cita, y puede contarme todo sobre Smash Hit".

Shannon le dio un suspiro a su única amiga y se pasó los dedos por el cabello grueso y rubio. "Probablemente tengas razón. No sé... Oh, que diablos. Lo haré".

"Y dame un informe completo sobre eso mañana, ¿de acuerdo?".

Shannon estuvo de acuerdo, le deseó suerte a su amiga con respecto a su teoría de 'propuesta', y desconectó la llamada. Deseaba tener a alguien más a quien preguntar, pero Kelly tenía razón; es hora de ponerse sus bragas de chica grande. Tal vez ella incluso fuera a tomar un bocado después de la película.

Echó un vistazo a su reloj. La hora de la película marcada en su boleto era las nueve; eso estaba a solo dos horas de distancia. ¿Qué iba a ponerse?

Shannon se duchó y revisó su armario. No es como si fuera una cita o algo así, pensó para sí misma. No hay necesidad de hilos de fantasía. Ella terminó eligiendo un par de jeans y un suéter liviano. Después de una sesión completa de secado y maquillaje, eran las nueve menos veinte. Es hora de salir a la carretera. Ella agarró su bolso, encerró su casa y saltó al sedán que sus padres le habían comprado cuando se mudó a Los Ángeles hacia su nueva vida.

Cuando el pequeño automóvil salió por la calle, un hombre se acercó por la parte lateral de su casa, con cuidado de mantenerse alejado de las luces de la calle. Era hora de entrar y prepararse para la llegada de la dulce Shannon. No tomaría mucho tiempo, y él tendría tiempo de sobra para revisar sus cosas y disfrutarlas, especialmente una vez que tuviera el candado instalado en la puerta de entrada.

Se dirigió a la parte trasera de la casa. Tarareaba para sí mismo mientras pensaba en la sangre de la chica rubia corriendo por sus manos. Ella había sido una elección maravillosa, y había sido un placer enviarle las entradas, incluso si no tenía a nadie que la acompañara. Una chica sin amigos hace muchas cosas sola.

Cuando ya se sintió como todo un huéspede en la casa, pensó en la primera vez que la vio desde su automóvil cuando salía del estacionamiento donde trabajaba. Ella estaba saliendo del elegante bufete de abogados al otro lado de la calle, y era hermosa. Qué lástima poner fin a tal belleza, pero tenía que hacerse por el bien del asunto. Eligió ver la situación como si estuviera preservando la belleza de alguien como ella para siempre, sin desperdiciarla. Todo esto tenía un objetivo muy importante, un mensaje terrible que debía enviarse. Shannon y todos los demás que había elegido para los siguientes 'actos' habían sido cuidadosamente seleccionados por él con gran meticulosidad. Pero ellos simplemente no lo sabían.

Dentro, el hombre de negro utilizó su linterna para guiarse mientras instalaba cuidadosamente el candado en lo alto de la puerta. Una vez que llegara a casa, ya sea que entrara al dormitorio, al baño o a la cocina, él podría cerrarla sin temor a ser visto. Esto era perfecto.

Cuando terminó, echó un vistazo a su reloj: eran las diez menos cuarto. Supuso que volvería entre las once y media y la medianoche, dependiendo de si se detenía a comer como una persona normal. Pero eso no le importaba.

Era, y siempre había sido, un hombre muy paciente.

CAPÍTULO 7

Shannon salió del cine abarrotado a las once y cinco. El aire nocturno la devolvió a la realidad cuando las voces juguetonas a su alrededor no pudieron hacerlo. La película había sido buena, probablemente la mejor película de terror que había visto en su vida. Ella todavía estaba un poco asustada.

Encontró su automóvil y comprobó cuidadosamente el asiento trasero: todo despejado. Pronto, ella estaba manejando en el camino, pensando en lo que quería comer. Sus ojos se dispararon aquí y allá, mirando diferentes lugares de comida rápida, pero nada la atraía. Decidió ir a su casa y calentar una lata de chile. Rápido, fácil y delicioso. De todos modos, ella estaba muy cansada, y su cálida cama parecía llamarla.

Pronto se encontraba conduciendo su automóvil hacia su casa. Ella pensó que en lugar de comer chile, mejor freiría una hamburguesa con queso. Shannon abrió la puerta de entrada y encendió la luz, iluminando la sala de estar. Cerró dos cerraduras en la puerta principal y encendió la televisión, asegurándose de que el volumen estuviese en alto para poder escucharlo claramente desde la cocina. Le gustaba escuchar los canales de música de su servicio de televisión por satélite, y su televisor tenía un sonido increíble.

Una canción pop comenzó a bombear desde el sistema de sonido envolvente, y Shannon inmediatamente estalló en una canción. Vaya, tenía mucha hambre. Se había saltado la merienda en el cine porque a veces la sangre le causaba náuseas; es mejor para ella ver ese tipo de películas con el estómago vacío.

Cantó en voz alta mientras sacaba un pequeño paquete de carne molida del refrigerador y se lo ponía en la boca como si fuera un micrófono. Pronto bailaba acercándose al mostrador junto a la estufa. Ahora buscaría una sartén.

Shannon se volvió hacia el armario del mostrador, cuando se dio cuenta; y se calló de inmediato.

"¿Vas a ser una gritona?", preguntó mientras le dedicó una sonrisa encantadora a través de su máscara. Ella no lo veía bien, sin embargo; solo sus ojos estaban al descubierto.

Ella lo detalló, en una fracción de segundo. Era alto… muy alto. Su cabello era negro y revuelto, y sus ojos eran de color azul claro. Eso fue todo lo que ella pudo ver de su cara; su nariz, boca y barbilla estaban cubiertas con una máscara facial negra. Sin embargo, podía ver claramente por sus ojos helados, que estaba sonriendo.

Shannon gritó penetrantemente, pero sabía en su corazón que nadie la oiría; ella estaba justo en un callejón sin salida, y hacia ambos lados de su casa había en una dirección un campo vacío y en la otra un pequeño bosque. La casa más cercana estaba en la esquina en el primer desvío de la calle. No necesitaba pensar en su próximo movimiento; ella se lanzó como un pájaro, pasando por delante de él y dirigiéndose a la puerta principal de la casa.

No le costó ningún esfuerzo abrir las dos cerraduras, pero para su consternación y creciente pánico, la puerta no se abrió. Sus gritos continuaron mientras tiraba frenéticamente, volteándose por una fracción de segundo para ver que su perseguidor estaba de pie, inmóvil, detrás de ella; sostenía un cuchillo brillante en su mano derecha con dos dientes en el extremo: un cuchillo de filete. De inmediato se dio cuenta de que se estaba divertido con su lucha por abrir la puerta, y ese hecho hizo que la sangre de Shannon se enfriara.

La horrorizada joven corrió hacia el corto pasillo a su derecha. Él solo se levantó, tarareando la canción que sonaba en la casa. ¿Iría directamente al dormitorio? Él pensaba que no, aunque estaría bien. Después de todo, allí fue donde mataron a la segunda víctima en la película.

Efectivamente, giró bruscamente a la derecha y desapareció de su vista. El asesino dio un largo suspiro, como si ya empezara a aburrirse con el juego de persecución, pero nada podría haber estado más lejos de la verdad. Sóolo sabía que iría por la ventana allí, y también sabía que no se abriría, gracias a un único clavo que había atravesado en el marco para asegurarlo firmemente en su lugar. El suspiro fue casi de compasión.

La puerta de los dormitorios de Shannon no tenía cerradura, por lo que se tomó un dulce momento. En lugar de caminar hacia su habitación, bailó hacia el lugar, con sus movimientos acoplándose perfectamente al ritmo de la canción en la televisión. Cuando dobló la esquina, se alegró de ver que estaba de rodillas en la cama, luchando con la ventana, justo como debería haber estado.

"¿Por qué estás luchando tanto?", preguntó.

Ella giró y gritó aterrorizada mientras él mostraba su cuchillo en su dirección una vez más. Tenía la espalda apoyada contra la pared, y mientras sollozaba, suplicando por su vida, se deslizó hasta quedar casi sentada. Parecía que se estaba quedando sin fuerza de voluntad, y esto lo enfureció un poco. Después de todo, la había elegido, no solo por su aspecto, sino también por sus agallas. No todas las señoritas hermosas se mueven por los Estados Unidos para comenzar una vida nueva totalmente solas. Al verla derrumbarse, comenzó a relajarse. Quizás era lo mejor; haría que el asesinato fuera más fácil, aunque no tan emocionante como lo había planeado. Sin embargo, era vital mantenerse en el guión.

Pero ella tenía una sorpresa bajo la manga. Shannon se escapó nuevamente, saltando de la cama como un gato y tomándolo por sorpresa. Cuando ella pasó corriendo junto a él, extendió la mano para agarrar su cabello y sacudir su espalda, como en Smash Hit, pero ella se apartó de él, dejándolo con nada más que un puñado de pelos rubios y un montón de rabia creciente. ¡Esto no estaba bien! ¡Se suponía que debía morir en el dormitorio!

Esta vez, ella bajó corriendo por el pasillo hacia la puerta trasera. Tiene una cerradura, pensó. Simplemente debe voltear la cerradura y listo. Pero a un metro de la puerta, su pie se topó con una chaqueta, la misma chaqueta que se había recordado a sí misma colgar antes, y ella cayó hacia adelante. En un látigo, el asesino la atacó y, con horror, se dio cuenta de que se estaba riendo. Sonaba malvado, pero incluso peor que eso era el hecho de que sonaba... satisfecho.

Él la agarró del pelo y le tiró de la cabeza con fuerza, tan fuerte que temía que él le rompiera el cuello. Pero Shannon no tuvo que preocuparse por eso por mucho tiempo. Lo siguiente que vio fue su brazo descendiendo y algo rozando su cuello mientras le cortaba la garganta de par en par. No sentía dolor, pero sabía lo que había sucedido y que la vida se le estaba escapando.

Las manos de Shannon se dirigieron a su garganta mientras lo miraba con incredulidad en sus ojos. La sangre bombeaba entre sus dedos, empapando su suéter y haciendo un charco en el piso. Él miró su cara, y sus ojos bailaban. Pronto, la chica se desplomó sobre sus pies como un objeto inerte, y se sintió complacido.

"¡Eres una estrella!", exclamó.

Eso fue lo último que Shannon Helms vio o escuchó en su vida.

∞

Unidades de flash se desprendieron de las cámaras digitales aquí y allá, causando que Kevin Harmes se estremeciera nerviosamente. Se paró frente a la puerta del pequeño baño en la casa de Shannon Leigh Helms, de 23 años y fallecida. Su estómago se revolcaba nerviosamente.

"¿Quién reportó esto?", le preguntó a uno de los oficiales que respondieron.

El hombre hizo un gesto con el pulgar hacia una mujer joven y bonita con un traje de falda profesional y cabello castaño esmerilado. Tenía lágrimas corriendo por su cara, pero su maquillaje era perfecto. El hecho de notarlo lo hizo sacudir la cabeza.

"¿Como se llama?".

"Señorita Kelly Packard", respondió el policía, leyendo desde su pequeño cuaderno. "Ella trabaja con la víctima en una firma de abogados, Bailey, Helms y Bailey. Supongo que el 'Helms' es el tío de la víctima. Ella ha vivido aquí dos meses, Harmes. La señorita Packard es a la vez compañera de trabajo y única amiga local de la señorita Helms".

Se acercó a la chica, que parecía estar despotricando conmocionada ante una oficial, y la mujer estaba haciendo un mal trabajo consolándola. Mientras hablaba con el oficial, sus manos se agitaban como si hablara con ellos en lugar de su boca. Era obvio que estaba afligida.

"¿Señorita Packard?". Harmes tendió su mano a la mujer, y ella respondió colocando la suya temblorosa sobre la de él, y mirándolo con confusión. "Soy el Detective Harmes, soy el líder en este caso. ¿Me dijeron que fuiste tú quien hizo el reporte?". Cuando ella asintió, él preguntó: "¿Puedes decirme qué pasó?".

La joven asintió y se secó la cara con un pañuelo empapado. "Hablé con Shannon anoche. Yo tenía una cita, y ella iba a ver una película; alguien le había enviado un par de boletos, pero no pude ir con ella. La llamé alrededor de la medianoche, después de haber llegado a casa después de mi cita. Se suponía que debía informarle sobre si mi novio me había propuesto o no. Ella no respondió, así que pensé que se había detenido para tomar una copa o dos y luego se fue a la cama".

Harmes estaba escribiendo furiosamente en su cuaderno. "¿Ella típicamente bebía?".

Ahora ella le dio una vigorosa negación con el movimiento de su cabeza. "¡No! Shannon era muy responsable; ella sabía lo que quería hacer, y por lo que puedo ver, no dejó que las cosas la detuvieran. Todo lo que puedo decir es que ella en ocasiones se deja llevar, como todos, pero nunca la he visto borracha. La alenté a salir sola, así que pensé que tal vez ella tomaría un poco para calmar sus nervios. Shannon era nueva en el área, y la ciudad parecía asustarla, ¿sabes?".

La chica estalló en otra erupción de lágrimas, y la oficial femenina fue a buscar más pañuelos al coche policial. Con la nariz rota y los ojos irritados, Kelly miró a Harmes con una expresión que finalmente estaba manchada de rímel. "Ella no salía, detective. Ella era de Idaho, Tenía solo dos meses viviendo aquí. Tuve que presionarla para convencerla de ir sola, pero ella me dijo que iba a ir, así que estoy segura de que lo hizo. Ella no es mentirosa".

"Podría haber cambiado de idea", dijo Harmes, pero su mente estaba lejos de sus palabras. Su estómago al instante comenzó a temblar por dentro cuando escuchó las palabras 'nueva película' y Smash Hit. ¿Coincidencia? Estaba empezando a preguntarse.

"Alguien le dio entradas, pero parece que no conocía a nadie", preguntó Harmes. "¿Quién haría eso, entonces? Enviarle los boletos, quiero decir".

"Ella mencionó que pensó que tal vez alguien del trabajo, pero los recibió en su buzón el viernes después de llegar a casa. Dijo que lo averiguaría el lunes".

Harmes se volvió hacia un oficial parado en la puerta de la casa. "Necesito que alguien llame a Bailey, Helms y Bailey. Que alguien pregunte por la oficina si alguien le dio los boletos a la señorita Helms". Se volvió hacia Kelly. "¿Ella mencionó una nota o un sobre? ¿Algún otro detalle sobre estas entradas?".

Kelly negó con la cabeza lentamente, su expresión facial mostrando que estaba tratando de pensar. "No... no lo creo. Ella acaba de decir que alguien se los dio, y ella no sabía quién. Para ser honesta, ni siquiera creo que haya dicho nada sobre el buzón de correo".

Harmes estuvo quieto por un momento. "¿Cómo entraste en la casa, Kelly?".

"Con una llave".

Frunció el ceño. "¿Por qué tienes una llave?".

"No es mía", respondió ella. "Su tío me la dio. Stanley Helms. Me la entregó y me dijo que viniera a buscarla después de llamarlo y explicarle que no lograba comunicarme con ella. No era propio de ella dejar de responder su teléfono. Ella no hacía que la gente se preocupara; no era esa clase de chica". Se sonó la nariz otra vez. "Solo pensaba que ella se había detenido por un par de copas después de la película y tuvo una resaca increíble. ¡No esperaba esto! Oh, no, ¿cómo voy a decirle al señor Helms?".

"Nos haremos cargo, Kelly. Saca eso de tu mente". Harmes le dio un momento una vez más, y luego preguntó: "Así que entraste, ¿verdad? Por favor dime todo; cada pequeño detalle. Incluso si te parece algo tonto".

Ella se pausó por un momento. "Pensé que la puerta estaba cerrada, así que usé la llave. Cuando lo puse en la puerta me di cuenta de que la puerta ni siquiera estaba cerrada, así que la abrí, asomé la cabeza y grité su nombre. No hubo respuesta, así que entré y cerré la puerta; la casa estaba muy silenciosa. Si su auto no hubiera estado aquí, habría pensado que ella había salido a desayunar. Empecé a tener una muy mala sensación. Primero, entré a la cocina, pero ella no estaba allí. Luego solo fui a su habitación, y tampoco estaba. Empecé a mirar de nuevo, y fue entonces cuando la cocina me asustó. Carne cruda en el mostrador, simplemente ahí colocada. Sin sonido, sin música, sin nada. Toqué la carne cruda, y estaba tibia".

"Así que fui por el pasillo trasero, hacia la puerta de atrás, y la estaba llamando por su nombre".

Entonces se detuvo, cerró los ojos y se tapó la boca con la mano. Kelly tardó tres minutos completos en recuperar la compostura; Harmes simplemente le dio su espacio hasta que lo lograra. Había pasado por eso un millón de veces.

Se volvió hacia otro oficial. "Quiero que revises todos los botes de basura, el bolso de la víctima, los cajones del escritorio, revisa en todas partes. Estarás buscando un sobre, o una nota, tal vez. Espero que cualquier sobre que encuentres esté vacío o que tenga un solo boleto de película dentro".

El policía se fue rápidamente para informar al equipo de la escena del crimen, y Harmes se volvió hacia Kelly. "Tengo que preguntar, ¿moviste o tocaste algo en la casa mientras estuviste aquí?".

"Solo los picaportes. Sé que no toqué nada más. Oh, sí, toqué la carne", respondió ella. "Y en el momento en que encontré a Shannon y vi esa nota en ella, salí corriendo por la puerta principal y llamé al 911 desde mi celular".

Harmes asintió y sonrió a la chica. "Está bien, ya fue suficiente", le dijo mientras le daba un apretón reconfortante a su hombro. "¿Qué tal si le decimos a la oficial Gilroy que te lleve a tu casa o a donde sea que necesites ir? Probablemente tenga que volver a hablar contigo, así que necesitaré tu dirección y número. Envía a alguien para que busque tu carro, ¿está bien?".

Ella asintió con la cabeza, y después de que Harmes anotó su información de contacto, la agente la llevó, con un brazo sobre los hombros. Harmes volvió su atención a la casa, la puerta abierta y la cinta de la escena del crimen. De regreso al trabajo.

Atravesó la casa y bajó por el corto pasillo trasero del hogar de Shannon Helms. El equipo de investigación ya había terminado de tomar fotos; lo habían estado haciendo durante dos horas. La forense estaba arrodillada sobre el cuerpo llenando el papeleo con las manos enguantadas.

"¿Causa de muerte?", preguntó.

Ella se volvió hacia él. "Una sola cuchillada en la garganta con una cuchilla extremadamente afilada. Cortó la mitad de su garganta. Oh, sí, esto es para ti".

La mujer levantó una bolsa de evidencia. Harmes dio un paso al frente y se la quitó, luego la sostuvo frente a la luz del sol que entraba por la ventana de la puerta de atrás. Parecía ser una hoja de papel con manchas de sangre. Mientras miraba, su visión pareció despejarse, y de repente pudo distinguir las palabras:

"El Segundo Acto".

Los ojos de Harmes se agrandaron y sus manos temblaban mientras miraba al forense. "¿Qué es esto?".

La mujer alzó las cejas y negó con la cabeza. "Estaba literalmente clavado en su pecho. Nunca había visto algo así".

Harmes soltó un aliento desigual. "¡Oh! Vaya. ¡Dime que no tenemos un asesino en serie en nuestras manos!"

CAPÍTULO 8

Primero, encontraron un sobre blanco y liso escondido en el bolso de Shannon, que estaba sobre la mesa de la cocina. La parte superior había sido arrancada, y contenía un boleto sencillo y sin usar para la película Smash Hit y el talón de una segunda entrada. Obviamente, Shannon había asistido a la función usándolo.

Las palabras "Para ti... diviértete un poco", fueron garabateadas en tinta en el frente.

Harmes inmediatamente había embolsado el sobre, el boleto y el talón. Alguien le envió boletos, todo bien, y al igual que Kelly dijo, Shannon no tenía forma de saber quién fue.

En la escena del crimen, él, otro detective, un oficial uniformado y un par de muchachos de CSU también intentaron recrear el asesinato de Shannon Helms.

"Entonces, ella entra por la puerta", dijo el otro detective, Joe Carter. "Supongo que no la trabó detrás de ella".

Harmes se enfureció. "¿Por qué? ¿Porque él la mató ahí dentro? Él podría haber estado ya adentro, esperándola, por lo que sabemos".

Llamaron al otro lado de la puerta, y Harmes la abrió bruscamente para ver a un policía muy joven en el otro lado. "A uno de los vecinos le gustaría hablar con usted, señor".

Harmes miró hacia afuera para ver a una mujer de unos cincuenta años. Ella se estaba colocando un suéter con fuerza alrededor de los hombros, y parecía asustada incluso de estar allí. Tomó nota de sus ojos que se movían de un lado a otro mientras se dirigía en su dirección.

"Soy el Detective Harmes. ¿Cómo puedo ayudarte?".

"Soy Shirley Catman", dijo con voz temblorosa. "Vivo justo arriba en la esquina. Escuché lo que le pasó a esa pobre chica".

Harmes asintió. Estaba ansioso por volver a su investigación. "¿Viste algo que quieras decirme?".

"No, no. Pero algo que escuché es lo que me está molestando".

Harmes alzó las cejas y esperó.

"Esta chica, realmente no la conocía, excepto por los saludos ocasionales", dijo Shirley. "Pero soy muy observadora desde que mi esposo murió, y trato de estar atenta a los vecinos. Esta chica era un ser de costumbres fijas. Hizo las mismas cosas todos los días, desde que se mudó. De hecho, anoche fue la primera vez que rompió su rutina que yo sepa".

"Sigue".

"Bueno, ayer, unos quince minutos antes de las nueve, más o menos, estaba en el fregadero de mi cocina, que da a la calle", le dijo. "Vi pasar su pequeño coche rojo, y recuerdo haber pensado, 'Bien. Ella está saliendo de la casa', y no pensé más al respecto. Incluso sonreí un poco, pensando que tal vez ella había conocido a alguien y tenía una cita. Era una chica muy bonita, y parecía tener una buena cabeza sobre sus hombros.

"De cualquier forma, todas las noches cuando llega a casa del trabajo, ella siempre hacía lo mismo: poner música en el televisor. Sé que era de la televisión, por cierto, porque las luces parpadean en su sala de estar. Siempre subía mucho el volumen. Nada que me moleste, ojo, pero la colocaba más alto que la persona promedio. Ella me preguntó una vez si me molestaba; dijo que era la única forma en que podía oírla en su cocina mientras cocinaba la cena. Nunca la subía más allá de cierto punto, la 'tercera línea' me dijo. Si salía a sentarme en mi porche, cosa que a menudo hago, podría oírla, pero no lo suficiente como para distinguir alguna canción o algo. Y ella nunca aumentó el volumen.

"Pero anoche, unos cinco minutos después de que ella llegó a casa, digamos, entre las once y cuarenta y cinco y la medianoche, la música se puso mucho más alta. Hizo temblar las ventanas de esa pequeña casa".

Harmes estaba mirándola. Ninguno de los policías de patrulla había tocado nada, o al menos dijeron. Kelly dijo lo mismo. El asesino debe haber apagado el estéreo, pero ¿por qué?

"¿Estaba encendido cuando despertaste esta mañana?", preguntó. "¿Viste a alguien ir o venir?".

Meneó la cabeza.

"No. No vi a nadie más en la calle; ni autos, ni personas, nada. De todos modos, el estéreo de repente se apagó alrededor de las doce y media o así. De forma repentina. Las luces se quedaron encendidas toda la noche. Sabía que algo no estaba bien. Shannon nunca dejó las luces encendidas; solo las del porche, como lo hizo cuando se fue. Ya sabes, para iluminar la puerta cuando ella regrese a casa".

Harmes tomó el nombre y el número de la mujer y le dio su tarjeta, prometiendo que estarían en contacto si tenían más preguntas. También la animó a que lo llamara si se le ocurría más información. Cuando terminaron, Harmes se volvió y miró hacia la casa por enésima vez. Le pareció que el tipo ya estaba adentro cuando Shannon Helms llegó a casa.

Volvió a entrar a la casa y vio a los hombres escudriñando algo en lo alto de la puerta.

Joe Carter lo miró. "Parece que se haya puesto un nuevo candado, pero no hay candado".

Harmes se codeó entre los hombres y se puso de puntillas para mirar el colgajo de metal y el aro atornillado a la puerta. Tomó su dedo índice y señaló el área con un tornillo.

"¿Ves todos los pedazos de madera?". Ahora Harmes se arrodilló en el suelo. "Sin aserrín; solo pedacitos de madera. Esto fue hecho a mano, y esa pequeña Shannon Helms no podría haberlo hecho. Esto acaba de ser puesto. Creo que ella cerró la puerta. Creo que ella encendió su música, como siempre, y fue a la cocina". Harmes se apartó de los otros hombres y caminó deliberadamente hacia la cocina y el comedor.

"Entonces, creo que el asesino usó el candado para encerrarla en su propia casa".

Hizo un gesto hacia la carne todavía sentada en el mostrador en un charco de sangre seca. "Ella probablemente entró y se llevó la carne, y fue entonces cuando la cerró con llave. Lo hizo cuando ella estaba de espaldas, por supuesto. La Sra. Catman, la señora con la que acabo de hablar, me dijo que había música la noche anterior, fuerte, como todas las noches. Kelly dijo que no tocó nada en la casa, y que estaba en silencio. La música luego se tornó demasiado alta durante media hora, según la señora Catman, más fuerte de lo que Shannon la había colocado antes. El asesino lo hizo para amortiguar sus gritos, y luego la bajó antes de irse para evitar que los vecinos se enfadaran o preocuparan. Quería evitar que la encontraran hasta la mañana".

Harmes miró lentamente alrededor de la cocina una vez más, luego continuó. "Arrojó su bolso sobre la mesa, justo donde lo encontraron, luego sacó la carne. El asesino, suponemos, ya estaba en la casa, no dudaría que él mismo enviara las entradas solo para sacarla de aquí y así poder hacer lo que sea que hizo. Incluso podría haber estado observándola mientras sacaba la carne y la ponía en el mostrador. Ahora ella necesita una sartén".

Harmes se volvió hacia la estantería colgante de ollas sobre la pequeña isla en la que se encontraba la cocina. "Ella se dio la vuelta para conseguirla y allí estaba él. No hay sangre aquí, ni siquiera el signo de una lucha. No hay taburetes derribados en absoluto. No están fuera de su lugar, por lo que no tenía compañía. Probablemente podamos apostar que ella no conocía al perpetrador. Él era un extraño. Ella intentó pasar corriendo junto a él, y por el orden que vemos en la sala de estar, él se lo permitió. Estaba empezando a sentir pánico y miedo.

"Ella trató de salir por la puerta, e incluso consigue que se desbloqueen las cerraduras; Kelly Packard dijo eso; luego puso la llave, pero la puerta estaba completamente abierta. Pero la puerta no se abrirá para

Shannon Helms, y ¿por qué? Porque el perpetrador la ha cerrado con candado mientras ella se alejó". Harmes dio vuelta al círculo sin cerrojo con su dedo. "Sí. Él estaba dentro esperando".

"¿Y qué? ¿La persigue por el pasillo y termina de una vez?", preguntó Carter.

Harmes se dio vuelta y caminó hacia el pasillo. A la derecha estaba la habitación de Shannon; al frente estaba el baño pequeño. En el pasillo a la izquierda estaba la puerta de atrás.

"Nah, no lo creo", murmuró en respuesta. Miraba hacia la habitación, luego caminó dos pasos cortos y cruzó el umbral. "Las persianas estaban así de torcidas cuando llegamos. La cama está hecha pero desordenada". Él guardó silencio por un momento. "Creo que ella entró corriendo aquí, y estoy bastante segura de que estaba tratando de abrir la ventana. El resto de la casa está muy ordenada, pero la colcha está arrugada. Ella estaba de rodillas en la cama tratando de salir por la ventana".

Carter negó con la cabeza. "Pero no sucedió aquí, no hay sangre aquí, jefe".

"No". No sucedió en el dormitorio, pero podía verlo de pie en el umbral del dormitorio verla luchar, tal vez incluso riendo. Él cruzó la pequeña habitación y se puso a los pies la cama para inspeccionar la ventana. Con sus manos enguantadas intentó abrirla; no se movía, incluso estando desbloqueada. Luego lo vio y lo señaló con un dedo enguantado. "Totalmente bloqueada, chicos. Él sabía que ella no iría a ningún lado, así que la miró luchar. Probablemente lo disfrutó".

Salió de la habitación, deteniéndose lo suficiente como para señalar una maraña de cabello largo y rubio en la alfombra oscura del piso. "Creo que la agarró y trató de detenerla mientras corría, pero eso fue todo lo que consiguió". Tan pronto como señaló, otro oficial se arrodilló para recoger el cabello y colocarlo en una bolsa.

Harmes continuó, y cuando pasó junto a los otros, dijo: "Él la dejó pasar junto a él, incluso después de que él la agarrara por el pelo. Creo que quería hacerlo en el dormitorio, pero ella era demasiado rápida para él. Ella corrió a la parte de atrás... probablemente pensando que saldría por la puerta trasera". Harmes llegó al área y miró el contorno de la policía donde había estado su cuerpo; una chaqueta rosa de Columbia estaba arrugada allí. "La pobre chica tropezó y cayó, y él se lanzó sobre ella como un león sobre una cebra. Fin del juego".

Cuando Harmes se volvió hacia sus hombres, todos miraban el contorno también. Todos estaban pensando en el escenario descrito por él. Con cada segundo que pasa sonaba más acertado para todos ellos.

Finalmente, Carter habló. "Me parece correcto. Sigamos con esto por ahora. ¡Vamos a trabajar!".

Los otros hombres dejaron a Harmes de pie en el pasillo, estudiando el contorno. Les dijo que los alcanzaría más tarde, y pronto él era el único en la casa. Sacó su celular del bolsillo de su pantalón y usó Internet para obtener el número que estaba buscando, luego lo marcó y se llevó el teléfono a la oreja.

Después de una breve pausa, Harmes dijo: "Hola. Me pregunto si me pueden decir las horas de las proyecciones de Smash Hit, por favor".

Kevin Harmes había decidido que iba a visitar el Savoy Multiplex pronto para ver una película.

R.W.K. Clark

CAPÍTULO 9

Hubo un tiempo en que el lunes había sido el día favorito de la semana para el hombre. Le encantaba su trabajo, y siempre lo esperaba, sin importar lo agotador que fuera. Pero ahora, sentado en medio de una reunión, escuchando a un colega zumbar sin cesar, no pudo evitar soñar despierto.

El viernes era el día para esperar ahora, ahora que él había seguido adelante y había comenzado el proceso que siempre había soñado. El proceso de probar lo valioso que realmente era. Cómo él era el único, el mejor de todos los tiempos. El dinero que ganaba y cualquier reconocimiento que recibía debido a su carrera había comenzado a perder valor para él; quería probarse a todos aquellos que conocían al hombre real... el hombre que siempre había sido.

Miraba al colega que estaba hablando, y asentía de vez en cuando, pero no pudo oír ni una palabra de lo que estaba diciendo el tipo. Él estaba en lo alto de sus pensamientos. Verás, el domingo por la mañana comenzó a planear el Tercer Acto, y estaba tan ansioso que apenas podía quedarse quieto. Necesitaba ver la película y planear todos los detalles. ¿No comprendían estas molestias ignorantes en su vida que a veces tenía otras cosas que hacer además de mimarlas?

Su mente volvió a su proyecto favorito y al siguiente acto. Esto era lo más genial: el Tercer Acto no se llevaría a cabo en Los Ángeles. No, lo llevaría a Sacramento el viernes. Él ya había enviado un boleto a una chica allí, una chica que había seleccionado personalmente para ayudar a hacer su obra maestra completamente tangible.

"¿Qué piensas de ese enfoque?".

Volvió su atención al sujeto. "Um, estoy de acuerdo. Pero no estoy seguro...".

"No has escuchado ni una palabra de lo que dije, ¿verdad?". El hombre se puso de pie enojado y agarró su abrigo de la silla junto a él. "Seguiremos en contacto". Lo único que tienes a tu favor en este momento es el hecho de que tus números son astronómicos. ¡Supéralo!

El hombre salió de su oficina y se recostó en su silla. Oh bien; la vida continua. Tuvo otra reunión en diez minutos, y era mucho más importante que el toro que acababa de soportar. Francamente, no necesitaba a ninguno de ellos.

Cuando llegara a su casa, revisaría el metraje para ser 'reproducido' en Sacramento, y lo seguiría viendo hasta que obtuviera un poco de alivio. El asesinato era lo único que lo calmaba, pero la planificación y la observación ciertamente también le emocionaban.

El ego y el poder eran un par de afrodisíacos muy poderosos.

∞

El detective Kevin Harmes se había sentado en su automóvil mirando al frente. Eran casi las nueve y media de la noche, y había estado aparcado en el Savoy Multiplex durante algún tiempo. Kevin había salido de la película hace casi cuarenta minutos. Pero el hecho era que su mente estaba corriendo mientras estaba sentado allí, y aún no había sido seguro para él manejar.

Jennifer Schmidt, la testigo del primer asesinato, tenía razón. El asesinato de Lauren Connors no solo fue similar a la primera escena de asesinato en la película; fue inquietantemente idéntica. Tanto es así, de hecho, que Harmes tenía náuseas.

Pero eso fue solo el comienzo.

El segundo asesinato, cuando golpeó la pantalla, casi le hace caer del asiento. El asesinato de Shannon Helms se alineó exactamente, y su teoría sobre el orden de las cosas que tuvo lugar en su casa también acertada, o al menos lo estaba en la película. La diferencia fue que la víctima de la película, que se parecía mucho a Helms, murió en el dormitorio. El asesino de Shannon no pudo detenerla como ocurría en la película; se había deslizado fuera de su alcance y huyó hacia la puerta trasera. Desafortunadamente para la guapa chica, allí la atrapó.

Mientras estaba sentado en su auto en el Savoy, sabía una cosa, y lo sabía tanto en su mente como en su corazón: había un asesino en serie en Los Ángeles. Ya no creía que fuera solo un chico de escuela secundaria; asesinatos similares habrían estado sucediendo con el lanzamiento de cada película de terror. No, Harmes pensó que quienquiera que estuviera haciendo esto tenía algo que decir, aunque no sabía qué. También estaba seguro de que era un gran fanático de la película.

∞

Emocionado por Sacramento, el hombre salió del baño humeante del hotel, con una toalla alrededor de su cintura y otra sobre su cabeza, dejando su rostro y pecho al descubierto. Cruzó la habitación, se sirvió una copa de brandy y tomó un largo trago antes de llenarlo de nuevo. Siempre se sintió espectacular después de deshacerse de la emoción que tenía al revisar las escenas de asesinato. Lo refrescó y lo hizo desear el alivio de llevar a cabo otra escena en vivo.

Sacramento también lo excitó. Había pasado momentos muy buenos festejando con amigos de la universidad cuando viajaban allí en años más jóvenes, y a todas partes que mirara le traía buenos recuerdos.

Bueno, más temprano que tarde estaría haciendo uno nuevo.

El asesinato se basaría en el tercer asesinato en Smash Hit, y también sería el Tercer Acto en su obra maestra. Utilizaría los próximos días para ponerse a la par, y el viernes comenzaría la elaboración del Tercer Acto.

Su co-estrella en el Tercer Acto sería una pequeña y linda chica gótica que tenía un departamento en el Village. Él la conocía del restaurante que frecuentaba en Los Ángeles, y ahí fue donde la vio a ella y a su novio por primera vez. El chico trabajaba allí durante la semana y luego iba a quedarse con ella los fines de semana. Ella había visitado a su novio en el trabajo un par de veces, y ella sería perfecta para el papel que él quería que ella interpretara.

Había visto, una vez más, el tercer asesinato más veces de las que él podía contar, y todo el tiempo lo veía sin esfuerzo en su mente, pero eso no le impedía obsesionarse más. Perfecto. Inicialmente, iba a enviar a la tercera víctima un solo boleto, pero cambió de opinión; es mejor dejarla llevar a Junior. Podía dirigir todos los ojos hacia este chico, y sería la estratagema de humo y espejos de un genio, un juego secundario de diversión, por así decirlo.

Entonces, compro dos entradas, los metió en un sobre y escribió: 'Para Kimber Ryan: ¡Diviértanse, chicos!', en el frente. Luego lo deslizó por la ranura de la cafetería donde trabajaba, bajo la protección de la noche. El tendría sus ojos en ellos. Él estaba listo, sin importar las circunstancias. Él golpearía al novio, Davis Reed, en seco. Mataría a la chica, pondría el cuchillo en la mano del chico, lo cubriría de sangre y se sentaría a mirar la diversión. Todos se enloquecerían, ja, ja. Sería como en la película.

Por eso, el Cuarto Acto no se encontraría hasta el lunes o el martes, cuando él decidiera reportar anónimamente el cadáver. Para entonces estaría en San Diego, haciendo los arreglos para el Quinto Acto. Era demasiado perfecto, y demasiado divertido.

Arrojando su toalla al otro lado de la habitación, vació su bebida y se acostó desnudo en su cama; es hora de ver las noticias y descubrir cómo lo estaban haciendo los policías en Los Ángeles.

∞

Kevin Harmes era un desastre.

Se sentó detrás de su escritorio en silencio, la única luz en la habitación era una lámpara de escritorio que arrojaba un orbe de luz surreal sobre su carpeta y su archivo esparcido. Su mente estaba en los últimos días, y lo que había descubierto durante ese tiempo. Nada de eso se sintió bien. Ahora ya era jueves por la noche; no se había producido otro asesinato desde Shannon Helms.

Harmes estaba convencido de que estaba en el camino correcto, teóricamente. Debido a que nadie más había sido asesinado, a pesar de que Smash Hit todavía estaba en la cima de las listas de éxitos, pensó que tal vez sí había sido un chico o varios, y que ya se habían aburrido con su pequeño juego, y asustado por eso. Si él había estado en lo cierto, y de hecho era un asesino en serie, sin duda otro asesinato ya habría salido a la luz. Sí, pensó para sí mismo, necesito volver a centrarme en investigar a los chicos de secundaria en el área nuevamente, solo para estar seguro. Solo quiero estar seguro de que no es un chico psicópata antes de continuar con mi próxima corazonada.

Alargó la mano y apagó la lámpara de su escritorio. Es hora de irse a casa. Mañana sería viernes, y podría empezar de nuevo tocando puertas y visitando la escuela secundaria a la que asistieron las dos primeras víctimas, Lauren Connors y su novio, Chad Bryan.

Kevin Harmes dejó el trabajo en silencio, con una sensación persistente en el estómago que simplemente no podía ubicar.

R.W.K. Clark

CAPÍTULO 10

El sábado por la mañana el hombre estaba despierto bien temprano. Él quería ver las noticias. Quería ver lo que tenían que decir sobre el asesinato de la barista, Kimber Ryan. La verdad era que apenas podía quedarse quieto.

Su asesinato fue simple. Su apartamento estaba en el sótano de una antigua casa de piedra rojiza en el Village, y el lugar era sólido como una roca y prácticamente insonorizado. No le importaba si lo escuchaban de todos modos; se rumoreaba que en la cafetería donde la pareja se juntaba, que la pareja hacía fiestas ruidosas y alocadas todo el tiempo, y los vecinos nunca se quejaban. Él no tenía nada de qué preocuparse.

Se había escondido en un pequeño armario de abrigos junto a la puerta, y cuando volvieron y se encerraron, él simplemente se levantó y golpeó con un ladrillo la parte posterior de la cabeza del chico. Acabar con Davis Reed fue divertido, pero aún no había terminado.

Él la hizo atar al chico; y luego la ató. Esperó hasta que el chico se despertó, luego procedió a mutilar y torturar a la pequeña y tonta chica gótica hasta que se desmayó del dolor. Después de que eso dejó de ser divertido, la apuñaló alrededor de quince veces con su cuchillo.

El chico estaba en el piso volviéndose loco, llorando e intentando gritar a través de la cinta adhesiva.

"Voy a desatarte, pero con una condición: debes agarrarte a su cuerpo y mantenerlo apretado. Cierra los ojos y cuenta hasta sesenta, y me iré. Si no cuentas hasta los sesenta, te encontraré y acabaré contigo también, y será mucho peor".

Desató a Davis Reed, y el chico corrió hacia el cuerpo sin vida de su novia. Él corrió junto a ella en el suelo llorando y abrazándola con toda su fuerza; su sangre estaba sobre él. Él se había quedado allí observando y se deleitó ante la escena durante varios minutos antes de hablar.

"¡Cierra los ojos y comienza a contar!".

El chico lo hizo y, a la cuenta de quince, salió corriendo por la puerta y se escabulló en la noche, pero no antes de arrojar el cuchillo al suelo junto a ellos. Es hora de denunciar un asesinato.

Eso había sido hace solo unas horas, y había sido el cielo.

∞

"Buenos días, y bienvenidos a las noticias de la mañana de las seis en punto; esta es Kyla Henry. Una sugerencia telefónica anónima llevó a la policía a una escena espeluznante en el pueblo esta mañana. A las cuatro a.m. La policía respondió al llamado para encontrar el cuerpo mutilado de Kimber Ryan, de 25 años. Su novio, Davis Reed de Los Angeles, fue detenido en la escena. En el momento actual, Reed se retendrá para ser interrogado, y el departamento no comentará si los cargos están pendientes. La familia de la señorita Ryan ha sido notificada de su muerte. En otras noticias...".

∞

El hombre enmudeció la televisión. Él estaba agravado; ¿qué fue eso? No tomó dos minutos. Pero él guisó por un breve tiempo. El crimen en Sacramento, obviamente, no había tenido conexión con los de LA todavía. Eso sería hecho por el Detective Harmes. Él era inteligente; pronto vería el patrón y reconocería exactamente lo que estaba tratando de crear con estos actos. Era el primero en el caso, y Harmes era el que quería finalmente atraparlo, si es que Harmes podía hacerlo.

"El Tercer Acto", dijo con una sonrisa. "Tiempo para el cuarto".

∞

El detective Harmes estaba sentado en su escritorio, con el estómago revuelto. Debería haberlo sabido; debería haber sabido desde el principio que los asesinatos no iban a detenerse. Hasta donde podía ver, el estado de California tenía un problema bastante grave. El estado tenía un asesino en serie en sus manos.

Descubrió el asesinato en Sacramento en las noticias mientras se preparaba para el trabajo. Ni siquiera había desayunado, pero eso no le impidió devolver el café, y tan pronto como lo hizo se dirigió directamente a su oficina. Llegó para encontrar más de veinte mensajes en su correo de voz, cada uno de un ciudadano, y cada uno le decía que los asesinatos sonaban como la película. Lo más aterrador de todo era que nadie parecía asustado por eso; los números de la taquilla mostraron que la película aún estaba por las nubes, y que estaban en aumento.

Sacramento tenía un sospechoso bajo custodia. Un chico llamado Davis Reed había sido encontrado en la escena del último asesinato con sangre sobre él. Todo lo que la prensa había difundido sobre el chico hasta ahora era que su residencia principal estaba en Los Ángeles, pero se quedaba los fines de semana con la víctima en Sacramento. Tenían otra información, pero la policía aún no la había liberado. A Harmes no le importaba lo que tenían; no pensaba que el chico Reed fuera el asesino. No, el asesino era exigente, y nunca se dejaría encontrar, ni mataría a alguien tan cercano a él. De esas cosas, Harmes estaba seguro.

Hace una hora tuvo una conferencia telefónica con el investigador principal sobre el caso de Sacramento. Harmes había compartido con él todos los detalles de sus propios casos, y había intentado llevar a casa su teoría del "asesino imitador", pero el tipo no le estaba prestando suficiente atención. Estaba convencido de que el chico Reed era el asesino, y, en lo que a él respectaba, era una pérdida de tiempo hablar con Harmes.

Luego, hace cinco minutos, recibió una llamada del tipo. Resulta que Davis Reed no pudo haber sido el asesino porque estuvo en Sacramento todos los fines de semana, y ese hecho fue fácilmente verificado. Los asesinatos tuvieron lugar el viernes y el sábado, al menos hasta ahora. Había sido liberado, y el policía estaba empezando a convencerse. Después de un acuerdo, ambos dieron a conocer a la prensa que recomendaban que se evitara la película Smash Hit en todos los lugares donde se mostrara, y que los usuarios no deberían asistir a ninguna presentación. Hasta esa noche, no sabrían si alguien escucharía o no.

Si el asesino se mantenía fiel a la forma, habría otro asesinato. Era sábado, después de todo. Harmes supuso que tendría lugar en Sacramento. Sedijo que el asesino, o el Carnicero de la Taquilla, quería saltar para que siguieran en movimiento. Pero era muy pronto para saberlo con certeza.

En este momento era un juego de espera, y ese era un escenario que Harmes odiaba desesperadamente. Era una cuestión de que apareciera otro cuerpo. El cuarto asesinato en la película involucró a una joven inválida, una parapléjica que vivía sola en una pequeña casa junto al océano. El asesinato es una obra maestra de horror, ya que la chica discapacitada huye de su atacante durante quince minutos antes de que le rasgue la vida de su cuerpo ya dañado. La idea de encontrar a alguien como ella hizo que Harmes quisiera vomitar una vez más, pero sabía que sucedería, y sucedería hoy.

Comenzó a buscar parapléjicos en Sacramento que tuvieran o alquilaran casas por el océano. Sería un proceso largo, y era uno que tenía que atravesar solo, porque nadie aceptaría sus teorías. Pero se puso a trabajar, esperando tener suerte más temprano que tarde.

En lo más profundo de su corazón, Kevin Harmes sabía que tenía razón acerca del Carnicero de la Taquilla.

CAPÍTULO 11

Smash Hit se vendió en todos los cines de la zona, pero la verdad del asunto era que a Claire Hudson no le podía haber importado menos. Ella no era fanática del género de terror, y cuando sus amigos le pidieron que fuera con ellos esa noche, ella los rechazó. Había estado viendo las noticias, y algo sobre toda la situación la había petrificado.

No, se quedaría a salvo en casa y tomaría una comida caliente, y tal vez incluso vería un romance agradable y pacífico. Además, siempre era un dolor para ella moverse en su silla de ruedas entre grandes multitudes de personas, y eso era de lo que los cines estaban llenos con una exitosa película como esta. Ella estaba más que satisfecha de dejar a Smash Hit completamente fuera de su vida.

El teléfono sonó.

"¿Hola?", Claire respondió dulcemente.

"Claire, soy Bobbie". La voz astuta de su mejor amigo se encontró con su oreja y la hizo sonreír. "Sé que dijiste que no querías ir esta noche, pero pensé que no estaría mal volver a preguntar".

Claire sonrió para sí misma y negó con la cabeza ligeramente. "Bobbie, estoy cansada. Y además, sabes lo que siento por las películas de terror. Voy a pasar, cariño".

"Bueno, está bien", respondió su amiga. "Nos estamos preparando para irnos ahora". ¿Quieres que pare y te revise después? Podríamos tomar un poco de vino".

"En realidad, voy a ver una película de chicas y entregarme temprano. Simplemente te diviertes, ¿de acuerdo?

La llamada se colgó y Claire dirigió su silla de ruedas motorizada a la cocina. Ella quería hacer una simple pechuga de pollo con champiñones rellenos y espárragos en el lateral. Cocinar era la única verdadera pasión que todavía tenía desde el accidente, y estaba tan agradecida de poder usar al menos sus brazos. Iba a ser una buena noche, y estaba deseosa de dedicarse a su pasatiempo de cocinar y estar sola.

∞

El hombre estaba sentado en una pequeña colina a unos cien metros en la parte trasera de la casa de Claire

Hudson. Sus binoculares estaban enfocados en la parte posterior de la casa de la mujer, que consistía en ventanas y un par de puertas corredizas de vidrio con rampas saliendo de ellas. Pero el hecho de que él podría mirarla fácilmente fue una de las razones por las que fue elegida.

Claire no había visto la película, ni lo haría tampoco. En Smash Hit, la cuarta víctima también fue parapléjica. La joven se ajustaba a la perfección, y ahora, esta noche, la sacaría de su miseria. Ningún humano podría ser feliz confinado a una silla de ruedas, en su opinión, por lo que ella cumpliría perfectamente su próximo acto, ella también recibiría la recompensa de entrar en el más allá. Perfecto.

Él la espió mientras ella trabajaba alrededor de su cocina; estaba empezando a preparar su cena. Al igual que en la película, él esperaría hasta que todo hubiera terminado y ella hubiera comenzado a comer antes de comenzar con su pequeño juego del gato y el ratón. Pronto, Claire Hudson sería famosa, y él habría completado otro acto más en su obra maestra. Cuando terminara, no habría un asesino conocido por el hombre que hubiera podido lograr lo que él estaba haciendo, aparte de él mismo. Era la serie perfecta de asesinatos, y nada de eso era por capricho.

El sol comenzaba a bajar y cada vez le resultaba más difícil ver a través de los prismáticos. Él los bajó y se apoyó contra una roca grande. Inhaló profundamente y volvió los ojos hacia el cielo. Prometía ser una hermosa noche, y Claire Hudson haría que todo fuera aún más maravilloso de lo que ya era.

Pensó en su pequeño plan frustrado que involucraba a Davis Reed. Había pensado que Reed estaría retenido por la policía de Sacramento durante varios días, pero dejó que se le pasara por la cabeza que Reed estaba en realidad en Sacramento, no en LA, durante los dos primeros asesinatos. Desde que fue puesto en libertad, no hubo necesidad de esperar para llamar a la policía e informar a Claire una vez que ella estaba muerta. El foco ya estaba de regreso en los hechos reales, por lo que él la reportaría inmediatamente después de llegar a San Diego mañana por la mañana.

No era más que un pequeño fallo, y ciertamente no probaría que le impidiera llevar a cabo las cosas que tenía que hacer para completar con éxito sus objetivos.

∞

Kevin Harmes se sintió aliviado.

Había logrado convencer a la policía de Sacramento de que su asesino estaba basando los asesinatos en los que aparecían en Smash Hit, y ahora las noticias alentaban activamente al público a evitar la película a toda costa. El problema ahora era que tan pronto como las noticias llegaban a los anuncios, todos los boletos en Estados Unidos parecían estar agotados.

Al parecer, el público en realidad aceptando el hecho de que había algunos enfermos corriendo libres por ahí y estaban dispuestos a arriesgarse.

Pero el país también tenía otro problema. Los chicos, haciéndose pasar por el Carnicero de la Taquilla, estaban matando gente por todas partes. Imitadores del imitador, eso era todo lo que eran, y los atrapaban fácilmente. Según los informes, siete asesinatos de este tipo se han producido hasta el momento: uno en Maryland, Minnesota, el estado de Washington, Texas y Alabama. Dos habían sido reportados en Florida. Fue un desastre enorme, y ni Harmes ni ninguno de sus hombres podían creer las repercusiones que se estaban produciendo.

Pero Kevin Harmes no tuvo tiempo de preocuparse por eso. En este momento estaba conduciendo en la autopista hacia Sacramento. Su investigación había revelado a dos mujeres que eran parapléjicas en el área de Sacramento que vivían solas. Una tenía una pequeña casa heredada en los suburbios; la otra tenía una en el lado de un acantilado con vistas al Pacífico. Tenía la intención de visitarlas a ambas con la esperanza de atrapar al Carnicero de la Taquilla en seco. Su primera parada sería la casa de Christina Harrington, la parapléjica en los 'suburbios'.

Alargó la mano y encendió la radio, pero no oyó la canción ni sus palabras. Kevin Harmes no podía quitar los asesinatos de su mente, y se estaba volviendo loco pensando que una persona indefensa incapacitada iba a ser la siguiente. Estaba seguro de que si podía llegar a la presunta víctima a tiempo, podría detenerlo todo.

Se detuvo en el carril rápido y presionó el acelerador; necesitaba moverse, y necesitaba hacerlo ahora.

CAPÍTULO 12

El avión de pasajeros surcó el cielo nocturno como un cuchillo cortando mantequilla. El hombre se sentó con su asiento ligeramente reclinado, su cabeza apoyada en su pequeña almohada, y sus ojos ligeramente cerrados. Había pasado una noche en casa de Claire Hudson; todo había ido tan bien que sintió un profundo y retorcido sentimiento de gratitud que no pudo identificar.

Se había sentado en la parte de atrás, en la oscuridad, observando a la bonita parapléjica pelirroja mientras giraba alrededor de la cocina y preparaba su comida. Podía verla a través de las ventanas iluminadas, pero solo ligeramente. La distancia lo hacía difícil, y sus hombros y cuello habían empezado a dolerle al usar los prismáticos, pero fue capaz de distinguir fácilmente cuando tomó su plato de comida y lo puso sobre la mesa junto a la vela encendida y el vaso de vino blanco.

Esa había sido su señal. Se levantó y se estiró, luego se puso la máscara y se abrió paso a través de la oscuridad de su patio trasero hacia su casa y la ventana abierta en su oficina, la ventana que él mismo había abierto cuando ella había salido antes en el día. Se deslizó dentro, haciendo poco o nada de ruido, y esperó cinco minutos antes de salir de la habitación y acercarse a la cocina, donde permaneció en silencio y la observó comer hasta que su plato estuvo casi limpio.

"¿Cómo estuvo?", le había preguntado mientras ella drenaba su copa de vino.

Claire había girado su cabeza, con una mirada afligida y aterrorizada en su rostro. Él simplemente había visto el terror en su expresión, y se deleitó con el sonido de sus gemidos cuando ella comenzó a llorar. No le había llevado mucho tiempo a la joven golpear el joystick en su silla de ruedas y correr hacia él. Él había esperado esto, y él se había alejado de su camino justo antes de que ella alcanzara sus pies; lo había hecho reír.

Durante los siguientes veinte minutos la persiguió por la pequeña casa, riéndose y comentando que no tenía escapatoria, que él estaba allí para "quitarle el dolor". Era tan divertido que esperaba que nunca terminara, pero al final lo hizo cuando su silla golpeó un zapato y ella voló, cayendo de frente al piso en la sala de estar.

Sin embargo, no podía hacerla allí. En la película, la chica de la silla de ruedas había sido asesinada en su oficina, así que agarró a Claire por los brazos y la arrastró por la casa hasta la pequeña habitación libre que servía como su estudio. Ella lloró, gritó y se balanceó ciegamente hacia él mientras él le quitaba los pantalones; él sabía que ella pensaba que la iba a violar.

"No te preocupes", dijo. "Violarte es lo último en mi mente. Tengo la intención de matarte, pero tengo que dejar un mensaje".

En ese momento ella comenzó a gritar ronca, y él simplemente la dejó hacerlo, tarareando todo el tiempo. Una vez que los pantalones le rodearon los tobillos, sacó el cuchillo del bolsillo y se lo puso sobre la cara; la silenció casi de inmediato. Incluso le dio la vuelta para que pudiera ver la luz que se reflejaba en ella. Sus gritos se convirtieron instantáneamente en sollozos silenciosos.

"Sé que estás paralizada de la cintura para abajo, así que me aseguraré de tallar donde no puedas sentir".

Comenzó. Quería que las palabras fueran claras y fáciles de leer. A pesar de que no podía sentir nada, Claire lloraba como un bebé mientras soportaba lo que estaba sucediendo. Cuando terminó, tomó su rostro cubierto de lágrimas y le hizo mirarlo a los ojos.

"Lo haré rápido", susurró.

Y así lo hizo. Metió su cuchillo en su vientre inferior, justo encima de su hueso pélvico, y él empujó la hoja hacia su cara, cortándola abierta de abajo hacia arriba. Su boca se abrió en silencio y sus ojos se abrieron con incredulidad mientras ocurría. Ella había entrado en estado de shock varios minutos antes.

Él no estuvo satisfecho hasta que pudo ver sus intestinos. Cuando pudo, se puso de pie y miró hacia abajo a su cuerpo inerte hasta que pudo ver que ya no respiraba. Entonces él tomó su pulso; no había ninguno, y se paró una vez más con una sonrisa en su rostro. Miró las palabras que había tallado, una palabra por muslo:

'Cuarto Acto'.

Entonces, con esta parte de su trabajo completa, simplemente se fue por medio de una de las puertas corredizas de vidrio de la cocina. Tomó un sendero hasta su auto de alquiler, que estaba estacionado en un camino de salida a lo largo de la playa. Una vez que estaba en el auto, se quitó la máscara y comenzó a conducir en dirección al aeropuerto; sus bolsas empacadas estaban en el maletero, y tenía que tomar un vuelo para llegar a San Diego. Llamaría y reportaría anónimamente el cuerpo de Claire por la mañana. Por ahora, estaba contento de arrojar su cuchillo ensangrentado por la ventanilla del automóvil y sobre un acantilado mientras conducía.

San Diego, aquí vengo para llevar a cabo el Quinto Acto, y sí, el Sexto. El Acto Final en su obra maestra.

∞

Harmes tenía una sensación de pánico en el estómago. Él conducía como un loco para llegar a la casa de Claire Hudson. Su primera parada había sido en los suburbios, donde había hecho una breve visita a Christina Harrington, la otra parapléjica de su lista.

Tan pronto como él había llegado a su casa, sintió que no era el lugar correcto; las casas en la calle estaban muy juntas, y parecía que todas las ventanas estaban iluminadas y llenas de actividades familiares. La duda tiró de su corazón de inmediato. En la película, la cuarta víctima vivía en un hogar que estaba lejos de todos los demás. Bueno, no estaría de más conocer a la mujer de todos modos.

Había llamado, y tan pronto como Christina Harrington respondió, supo que estaba en el sitio equivocado. Ella tenía más de cincuenta años; la víctima de la película tenía veintitantos años. Después de una breve visita, se enteró de que había tenido un accidente de autobús. En la película, la víctima había quedado paralizada mientras dormía.

Harmes le dio a la mujer una breve pero sincera disculpa por molestarla, y se fue rápidamente. Ahora se dirigía a la casa de una Claire Hudson, pero no importaba lo rápido que manejara, sentía que no podría llegar a tiempo. Sintió el tirón familiar del instinto: Claire probablemente era la próxima víctima del Carnicero de la Taquilla. Kevin Harmes sinceramente había cometido un error al ir a ver a Christina Harrington primero.

Cuando finalmente se subió al acantilado y se detuvo en el camino de acceso de la joven, vio todas las luces encendidas en su casa. Esto le dio esperanza; tal vez no era demasiado tarde después de todo. Tal vez había llegado a tiempo para detener al asesino.

Levantó el auto sobre la grava junto a una gran camioneta de conversión con placas de discapacidad. Después de apagar su propio vehículo, Harmes salió y se dirigió a la casa. Todo estaba totalmente iluminado, incluso el porche. Una música apenas audible flotaba a través de una de las ventanas, pero no podía distinguir la canción o incluso el tipo de música que era. Pronto llegó al porche, tocó la puerta, y echó un vistazo a su reloj: las nueve y cuarenta y cinco.

Su primer golpe no trajo ninguna respuesta, por lo que Kevin golpeó de nuevo, esta vez con más persistencia. "Señorita Hudson, es el Detective Harmes con la policía de Los Ángeles. ¿Podría hablar con usted, por favor?".

Después de esperar otro minuto, su preocupación comenzó a crecer. Kevin miró alrededor de la propiedad y no podía ver casas cerca de las de Claire, así que salió del porche y miró a la oscuridad que cubría el patio trasero: no había luces ni casas a la vista.

De vuelta en el porche tocó de nuevo, pero esta vez usó su puño y golpeó la puerta. "¡Señorita Hudson! ¡Es la policía!".

Pero en su alma, Kevin sabía que no iba a responder, y dudaba mucho que fuera porque ella no estuviera en casa. Su camioneta estaba ahí estacionada y todas las luces estaban encendidas, por no mencionar el hecho de que no había casas cercanas a las que ella pudiera empujar su silla, no sin bajar por la empinada carretera que subía y bajaba por un acantilado.

Kevin se inclinó y sacudió el pomo de la puerta, pero estaba cerrado. "Mierda", murmuró mientras tomaba su celular y marcaba el número de la policía de Sacramento. Quería entrar, pero no podía hacerlo sin causa, y estar fuera de su jurisdicción lo sacaba por completo de su elemento.

"Hola, soy el Detective Kevin Harmes, con el LAPD", dijo por teléfono. "Necesito respaldo de la policía en una residencia en su jurisdicción de inmediato, por favor".

La recepcionista de la policía comenzó a darle problemas de inmediato, preguntando si el asunto era oficial o informal. Luego ella quería saber qué hacía realizando una investigación fuera de su jurisdicción. Finalmente, Kevin pidió hablar con el oficial de guardia de inmediato. Una vez que llamó a ese hombre por teléfono y le explicó la situación, se le prometió respaldo de inmediato.

El respaldo no tardó mucho en llegar. Entraron dos autos con sus luces encendidas furiosamente, pero tenían sus sirenas apagadas. Tres patrulleros y un oficial con traje se le acercaron rápidamente, el de traje tendió su mano como para darle un apretón a la de Kevin.

"Soy el Detective Arnold, soy el líder en la última operación sospechosa del Carnicero de la Taquilla en Sacramento", dijo el hombre mientras se daban la mano. "¿Qué tiene aquí, Detective Harmes, y qué está haciendo en mi ciudad?".

Kevin relató rápidamente el motivo de su visita a la casa de Claire Hudson. Explicó al detective sobre sus sospechas acerca de los asesinatos en Los Ángeles, y les dijo que no recibía respuesta del residente de la casa. Los oficiales recién llegados comenzaron a sospechar de inmediato, y Kevin se sintió aliviado al ver que parecía que todos creían lo que tenía que decir.

"Está bien", dijo Arnold a los oficiales uniformados. "Tratemos de obtener una respuesta; si no podemos, entraremos, con las armas desenfundadas".

Armados y en la puerta, los uniformados golpearon dos veces. Después de eso, no perdieron el tiempo pateando la puerta y comenzando la búsqueda de Claire Hudson. Desafortunadamente, la encontraron casi en un tiempo récord, especialmente después de observar su silla de ruedas eléctrica volcada en el piso de la sala de estar.

Ella estaba en el piso de lo que parecía ser una oficina en casa. Tenía el estómago abierto, tan abierto que sus intestinos y otras entrañas se veían claramente; un oficial incluso corrió hacia la puerta para vomitar. Otro pidió una ambulancia de inmediato, informando al despacho que la víctima estaba muerta antes de que llegaran.

"No", dijo el detective Arnold. "Esto es una pesadilla. Alguien está matando siguiendo esta loca película".

Kevin se volvió hacia él. "¿La has visto?".

"Fui a la primera presentación esta tarde", respondió. "Después de que llegó la noticia de que los asesinatos se basaron en la película, pensé que era inteligente que lo comprobara. Estaba de acuerdo, pero esperaba estar equivocado. Esto simplemente lo confirma todo".

Kevin apenas podía asentir; sintió que podría morir por la culpa de no haber venido primero a la casa de Claire Hudson.

"Mira sus piernas", dijo Arnold.

Kevin se arrodilló junto al cadáver cubierto de sangre de la chica. "Ya lo vi: 'Cuarto Acto'. El enfermo está haciendo una película de la vida real, ¿sabes?".

Los oficiales salieron a esperar a los investigadores de la escena del crimen y a la ambulancia. Kevin Harmes y el detective Ralph Arnold hablaron y compararon notas mientras esperaban. Parecía que Arnold se estaba poniendo al corriente de muchas cosas que Kevin ya sospechaba o sabía.

"Entonces, por lo que veo, el tipo está copiando una película", dijo. "¿Cómo podemos estar seguros de que es el mismo perpetrador?".

Kevin se volvió hacia el hombre. "Cada muerte es idéntica en el más mínimo detalle, con la excepción de las notas señalando los 'actos' enfermos", dijo. "Incluso el primer asesinato fue inquietantemente idéntico, y ocurrió en la noche de estreno. Tengo que decirte que sospecho que hay una persona muy específica aquí".

"¿Y quién sería?". Arnold presionó.

Harmes se aclaró la garganta. "Quienquiera que sea este enfermo, estoy dispuesto a apostar que él es uno de los involucrados en la producción de esta película enfermiza".

CAPÍTULO 13

Con respecto a la película Smash Hit, las cosas se habían salido completamente de control en todo Estados Unidos.

La gente estaba atacando a otros en todas partes, y los asesinatos y los intentos de asesinato aumentaban aceleradamente. Parecía ser una especie de moda enfermiza para la gente vestirse como el asesino en la película y acechar y matar a las víctimas. Le tomó a la policía una gran cantidad de tiempo separar a los imitadores del verdadero Carnicero de la Taquilla, pero el hecho de que el verdadero dejara sus pequeñas notas de 'Acto', algo que no había sido lanzado a los medios, hizo su trabajo un poco más fácil.

Otra cosa fue que Smash Hit atraía a más personas que cualquier otra película en la historia. Se reunieron en grandes hordas para verla, no una o dos veces, sino una y otra vez. Cada noche una gran cantidad de víctimas aparecía por todo el lugar, atacados, golpeados y hasta asesinados de maneras, que imitaban la película en la pantalla grande. Llegó al punto de que la policía en todas partes quería que la película se cerrara por el bien del público, y querían que se hiciera de inmediato.

El detective Kevin Harmes, el detective Ralph Arnold y varios otros detectives de todo el mundo discutieron hacer una reunión con la Comisión Federal de Comunicaciones para la obtención de una orden con el propósito de que la película sea retirada de todos los cines. La semana posterior al asesinato de Claire Hudson fue la peor por ataques y asesinatos excesivos, y el martes tres agentes de la FCC se reunieron con Harmes, Arnold y varios otros oficiales de policía que volaron al área de Los Ángeles para solicitar que se detenga la película.

La reunión resultó un poco fructífera. La FCC presentará la solicitud al tribunal federal para su revisión. Incluso si no se puede detener de inmediato, podría congelarse temporalmente por hasta tres días mientras el tribunal considera la eliminación permanente. Debido a que era un problema de seguridad pública, la FCC estaba casi segura de que no sería un problema.

Pero eso fue antes de que el director y productor de la película, el propio Miles March, recibiera los trámites legales el martes por la noche mientras estaba en la oficina de Los Ángeles.

"Señor March, debe ser consciente de las circunstancias que Smash Hit está ocasionando". El hombre que habló fue el agente Tom Burgess de la FCC. Estaba sentado frente al escritorio de March, junto con su compañero, Vic Rimes, y un investigador federal llamado Kenneth Bogs. "Le habríamos pedido que asistiera a la reunión inicial esta mañana, pero usted estaba fuera de la ciudad. El hecho de que volara para una reunión de emergencia de la junta directiva de Milestone Pictures, su empresa, hizo posible que viniéramos a hablar con usted cara a cara. Gracias por recibirnos".

Miles March escuchó pacientemente al hombre, con los dedos entrelazados bajo la barbilla y su concentración firmemente fija en lo que se decía. "Recibí noticias de su intención de sacar Smash Hit de cartelera mientras estaba en el lugar para mi próxima película. La única razón por la que volé fue para una reunión convocada para discutir lo que estás tratando de hacer. Comprenda que no puedo aceptar voluntariamente semejante pedido".

Vic Rimes habló. "Sr. March, entiende que innumerables personas están muriendo, y todos los ataques se basan en los asesinatos de su película. Su empresa, Milestone Pictures, y todos los que trabajaron en la fabricación de Smash Hit estarán bajo investigación. Le conviene desistir sin una orden judicial".

"¿Me conviene?". March comenzó a reír a carcajadas, casi histérico. "Sabe que Smash Hit actualmente gana más dinero que cualquier otra película". Cerrarlo sería robarme a mí mismo y a todos los involucrados en su creación. ¿Cómo podría ser beneficioso para mí?".

Tom Burgess respiró hondo y se reclinó en su silla. "Señor March, un juez de un tribunal federal por lo menos lo suspenderá por tres días hasta que pueda ser revisado más cuidadosamente, pero es probable que pierda si decide desafiar nuestra solicitud. Piense en el dinero que perderá entonces. Lo mejor es dejarlo mientras está arriba, ¿no cree?".

Miles March se levantó y comenzó a caminar. Después de un momento, dijo: "No seré intimidado por usted ni por ningún otro empleado del gobierno, ¿comprende? Debe saber que mi junta y todos los que están involucrados están de acuerdo conmigo".

"Usted será prácticamente responsable de cualquier persona que muera después de esta reunión si no cumple, señor", dijo Vic Rimes, con su voz aguda por la frustración. "Creo que un hombre de su posición en la industria querría algo más que eso".

Miles March se acercó a su escritorio y abrió el primer cajón, luego sacó una tarjeta y se la entregó a Rimes. "Aquí tiene, estos son mis abogados". Llámelos por la mañana para ver qué tienen que decir sobre el tema. Lucharé contra esto, y contrataré a todos y cada uno de los abogados poderosos en los Estados Unidos. No me dictará cuándo, cómo o por qué ejerzo mis derechos constitucionales, así que supongo que los veré en el tribunal". Y volvió a sentarse en su escritorio. "Buenas noches, caballeros".

Los dos agentes de la FCC y el investigador federal simplemente lo miraron desde el otro lado del escritorio, sorprendidos por un momento. Simplemente no podían creer la falta de corazón y alma del hombre. Finalmente, el investigador Kenneth Bogs habló.

"Bien, Sr. March. Haga lo que quiera", dijo mientras sacaba su propia tarjeta de su bolsillo y la tiraba al escritorio de March. "Mientras tanto, mientras esperamos a que se solucione todo esto, si piensa en alguien de su reparto o equipo que pueda ser sospechoso, por favor, llámame. En este momento, estamos bastante convencidos de que nuestro asesino es uno de los suyos, y se detendría la cancelación de Smash Hit si atrapamos al asesino".

Los tres hombres se levantaron y se despidieron mientras March simplemente los miraba. Una vez que se fueron, tomó la tarjeta de Bogs y la miró durante un largo momento antes de arrojarla de nuevo y levantar el teléfono. Definitivamente era hora de llamar a sus abogados; los federales podrían besar su trasero.

El abogado de Miles March era Asa Kennedy de Kennedy, Locke y Garling, que resultó ser una de las firmas más prestigiosas y exitosas de Hollywood. Los abogados de Kennedy, Locke y Garling ganaron todos los casos que pusieron en sus manos, y tenían el poder de obtener asistencia de cualquier otra empresa que desearan. Alguien en el mundo del espectáculo podría salir fácilmente de una acusación de asesinato, si era lo que se necesitaba. Esos abogados podrían convencer al tribunal de que cualquier persona que se propusieran, era la culpable. Pero para lo único que los necesitaba era para evitar que el gobierno sacara a Smash Hit de los cines, y ellos eran la empresa perfecta para hacer el trabajo.

Rápidamente marcó el número de celular de Asa, que fue respondida después de solo dos repiques.

"Asa Kennedy".

Miles sonrió y se aclaró la garganta. "Asa, es Miles March. Necesito verte lo antes posible. Tengo un grupo de agentes federales respirando en mi cuello; quieren tirar Smash Hit".

Él programó una cita para la mañana siguiente con Asa, y colgó el teléfono justo cuando un golpe ligero entró en la puerta de su oficina. ¿Quién podría ser en ese momento de la tarde? Este era el tipo de cosa que lo cansaba y frustraba. Tenía cosas más importantes que hacer.

"Adelante".

Un joven apuesto entró en la oficina de Miles, con una brillante sonrisa blanca y ojos azules brillando por el exceso de coca. Era Cory Caine, su actor principal de Smash Hit. Miles suspiró y forzó una sonrisa.

"Cory", saludó al joven. "¿Qué necesitas? Es un poco tarde, ¿no?".

Cory cerró la puerta detrás de él. "Perdón por molestarlo, Jefe,", comenzó. "Acabo de regresar de Sacramento; estaba visitando a mi madre. Es una locura todo lo que está pasando por Smash Hit, ¿eh?".

Miles asintió. "¿Y?".

"Bueno, me estoy preparando para ir a San Diego a encontrarme con mi chica", continuó. "Solo quería asegurarme de que no me necesitabas para entrevistas ni nada por la locura".

Miles negó con la cabeza. "San Diego, ¿eh? ¿Por cuánto tiempo estarás ahí?".

Cory se encogió de hombros. "Una semana más o menos".

"Hmmm". Miles estudió a su estrella. "¿Tu mamá está bien? Ni siquiera sabía que estabas en Sacramento. ¿Cuándo volviste?".

"Justo ahora. Fui el jueves pasado; ella quería pasar un tiempo con su gran estrella, ¿sabes lo que quiero decir?".

"Sí". Miles continuó estudiando a Cory, con su mente corriendo. ¿Sacramento? "¿Estás al día con tus apariciones promocionales?".

"Absolutamente, Jefe", respondió el chico.

Miles March le ofreció a Cory una sonrisa cansada y tomó una pluma como para hacer un poco de trabajo. "Suena bien. Tengo tu celular; si surge algo, me aseguraré de llamarte, ¿está bien? Solo asegúrate de responder siempre. Demasiadas cosas están sucediendo, y los policías mencionaron querer interrogar al reparto y al equipo".

"No hay problema", dijo. "Te veré en una semana más o menos, Miles".

Miles asintió una vez más. "Suena bien. Buen viaje".

Cory Caine salió de su oficina y Miles miró a la puerta por unos momentos después de que se cerró. Los Ángeles para el lanzamiento de Smash Hit, luego a Sacramento desde el jueves pasado. ¿Podría Cory Caine, una de las estrellas más prometedoras del día, ser el Carnicero de la Taquilla?

Miles recogió la tarjeta de Kenneth Bogs. Contenía su número de oficina así como un número para su teléfono celular. Miles marcó el número de celular y esperó. Bogs respondió después de un momento.

"Investigador Bogs?", dijo. "Este es Miles March. Creo que puedo saber de alguien a quien deberías observar por tu Carnicero de la Taquilla".

CAPÍTULO 14

El sol brillaba maravillosamente cuando Kevin Harmes conducía al trabajo el jueves por la mañana. Para todos los asesinatos violentos que estaban ocurriendo, y toda la locura producida por Smash Hit, estaba de buen humor, lo cual era bastante raro para Harmes. Si era el buen tiempo o el hecho de que creía que los federales iban a sacar a Smash Hit ese día o el siguiente que lo hacía sentir alegre, no lo sabía. Pero se sintió bien.

Una vez que estuvo en la estación, caminó casualmente a su oficina, silbando mientras lo hacía. Justo en las afueras de su oficina, el otro detective que había estado metiéndose en el caso del Carnicero de la taquilla lo detuvo. No parecía tan alegre como Harmes.

"Kevin, tienes algunos mensajes", comenzó el hombre. "El primero que tomé: fue del investigador federal, Kenneth Bogs. Él dice que tiene un sospechoso, el actor principal en Smash Hit, Cory Caine. Según él, el director, Miles March, les avisó que Caine podría ser el Carnicero".

"¿De Verdad?". Harmes abrió la puerta de su oficina e hizo un gesto con la cabeza, indicando a Carter que entrara.

Carter asintió y se sentó frente a la mesa de Kevin. "Sí. Quiere que lo llames lo antes posible para discutirlo y poder interrogar a Caine. Esa es la buena noticia".

Kevin estaba anotando todo lo que Carter estaba diciendo, pero lo último le hizo detenerse a mitad de la frase y mirar a su colega con una ceja fruncida. "¿Buenas noticias?".

"Sí", respondió Carter lentamente. "Me temo que también hay malas noticias. Smash Hit no saldrá de los cines".

Kevin entró inmediatamente en estado de shock. La idea de que la FCC no fuera a sacar la película, con todo lo que estaba sucediendo, era inconcebible para él. Miró a Carter por un momento, perplejo en cuanto a lo que debería decir. Simplemente no podía creer que ningún tribunal de justicia permitiera que una película continuara siendo exhibida con tantas circunstancias violentas a su alrededor.

"¿Estás seguro?", preguntó.

Joe Carter asintió, la expresión de su rostro era tanto solemne como llena de disgusto. "Lo digo en serio. Se celebró una audiencia a puertas cerradas, y el juez dictaminó que no es culpa de Milestone Pictures que alguien corra por la gente según la trama de una de sus películas. Es decir, eso es todo. Los cines ya fueron notificados sobre la decisión. Si me preguntas, ayudó que el jefe de la compañía tenga muchísimos millones de dólares; probablemente tenía a todos los agentes de la corte en el bolsillo".

Harmes respiró hondo y exhaló un largo suspiro mientras su mente trataba de rodear la información. "Creo que es mejor centrarse en ir a Milestone Pictures. Ojalá nuestro asesino aparezca por ahí en algún lugar".

"Sí", estuvo de acuerdo Carter. "Y me movería si fuera tú. Hay rumores de que los federales están considerando intervenir, y si lo hacen significa que nuestra investigación ha terminado".

Kevin Harmes no dudó en ponerse de pie y dirigirse a la puerta. "Ven conmigo, Joe", dijo. "Es hora de visitar el estudio".

∞

Kevin Harmes y Joe Carter estaban sentados en una lujosa área de espera frente a la oficina del presidente y fundador de Milestone Pictures, Miles March. No estaba en ese momento, pero de acuerdo con su secretaria, venía en camino. Kevin se sintió afortunado de haber llegado cuando lo hizo; March había estado fuera de la ciudad por negocios, y estaría en su oficina de LA por un par de horas antes de viajar en avión a otro lugar de la película.

Habían esperado alrededor de una hora cuando el hombre entró caminando al área. Vestía un traje italiano que probablemente costaba más que la pequeña casa de Harmes, y la expresión de su rostro apestaba a actitud arrogante y ego. Al principio no hizo caso de los oficiales, pero pasó junto a su secretaria como si ella ni siquiera estuviera allí.

"Sr. March, estos hombres están aquí para verle", dijo la mujer tímidamente, como si temiera siquiera hablar con el hombre.

Miles March se detuvo en seco y se volvió hacia los dos hombres. Él los miró, pero habló con su secretaria como si ni siquiera estuvieran allí. "¿Estos hombres tienen una cita? Ya sabes cómo es mi horario".

Kevin y Joe Carter se pusieron de pie, en el momento justo, y le mostraron sus placas al hombre. "Sr. March, soy el Detective Harmes con el LAPD, y este es mi asociado, el Detective Carter. Necesitamos hablar con usted".

Miles mostró una brillante sonrisa blanca. "Realmente no tengo mucho tiempo", dijo. "Pero entren a mi oficina por ahora. ¿Supongo que esto es en relación con el escándalo de Smash Hit?".

Kevin asintió mientras se ponía la placa en la chaqueta. "¿Podemos hablar en tu oficina?".

El hombre asintió, con una mirada pensativa en sus ojos. "Seguro. Esperaba que la policía llegara eventualmente. Síganme".

Giró sobre sus talones, con ambos detectives justo detrás de él. Cuando abrió la puerta de su oficina, hizo una pausa y la mantuvo abierta para Harmes y Carter. "Tomen asiento, caballeros. "¿Les puedo ofrecer algo de beber? ¿Café? ¿Agua?".

"No, gracias", respondió Harmes por los dos cuando Miles March cerró la puerta. "Entonces, señor March, ¿cuál es su opinión sobre los asesinatos?".

March tomó asiento en su enorme escritorio de roble y se sentó casualmente. "Bueno, debo decir que todo es impactante, por decir lo menos. Nunca hubiera pensado que una de mis películas de terror provocaría tal... movimiento, pero los hechos hablan por sí mismos".

Tanto Harmes como Carter intercambiaron una mirada. "¿Movimiento?", repitió Harmes. "Es una forma extraña de decirlo".

March sonrió y cloqueó ligeramente. "Creo que lo que quiero decir es que nunca pensé que Smash Hit tendría una influencia tan poderosa en un miembro de la audiencia".

Harmes estudió al hombre. "Dicho esto, ¿has considerado que tal vez sería mejor para todos sacar la película de los cines, al menos temporalmente?".

"Detective, se ha determinado que no necesito hacer eso en absoluto". Miles March se adelantó, con una mirada de acero en el ojo que no coincidía con la sonrisa que les estaba dando. "En este momento Smash Hit está generando una cantidad astronómica de dinero, y la pérdida en la que incurriríamos no se puede medir. Los asesinatos son algo de... mala suerte, ¿debería decir? Para las víctimas, en su mayoría, pero para mí se están convirtiendo en una verdadera fuente de ingresos. No voy a sacar la película".

Ambos detectives podrían simplemente mirar. El nivel de codicia y falta de compasión del hombre era casi repugnante. Harmes sabía, sin lugar a dudas, que no sería capaz de cambiar la mentalidad del ejecutivo de la película.

"Bueno", dijo, resignado. "Lo siguiente en la lista de preguntas sería si tienes a alguien que trabajó en el elenco o el equipo de la película que quizás te pareció extraño, ¿quizás un poco obsesivo con la historia? ¿Alguien de quien sospeches podría ser capaz de cometer un crimen como los asesinatos?".

El rostro de Miles March se relajó un poco y comenzó a mirar hacia la enorme ventana, pero no estaba prestando atención a las luces de la ciudad que la oficina ignoraba. "Tal vez", murmuró. "Le mencioné esto a Kenneth Bogs, pero después de pensarlo dos veces... no, no podría ser".

Carter lanzó una mirada a Harmes y preguntó: "¿Tienes a alguien en mente?".

March se puso de pie y comenzó a pasear lentamente por su oficina. En realidad, sí. Uno de mis miembros del reparto, y debo decir ahora que lo estoy pensando, hubo muchas cosas extrañas que hizo durante el rodaje".

Kevin Harmes no perdió un segundo. Sacó su pequeña libreta y el bolígrafo de su chaqueta, abrió el libro y apretó su pluma para comenzar a escribir.

"¿Cuál es el nombre de este miembro del elenco?", preguntó.

March volvió a llamar la atención. "Cory... Cory Caine. Él era mi protagonista masculino en Smash Hit. Interpretó un novio corriente, pero al final termina siendo el asesino".

Kevin estaba anotando cosas tan rápido como podía. "¿A qué tipo de cosas 'extrañas' te refieres?".

"Bueno", comenzó March mientras se sentaba de nuevo. "Él siempre metía la nariz en el guión, tratando de 'hacer la escena más creíble', como él diría. Para un director y productor eso suele ser molesto; los actores no son bienvenidos a dar su opinión en estas áreas, al menos, no conmigo".

Kevin levantó la vista y estudió al hombre por otro momento. "¿Más creíble?".

"De hecho, él quería 'improvisar' las escenas de asesinato para deshacerse de los que interpretaban a las víctimas", continuó. "Entonces su miedo y sus gritos serían más creíbles". Y él, literalmente, discutió conmigo sobre eso varias veces".

Harmes tomó notas rápidamente y miró hacia atrás a Miles March, cuyas ruedas estaban girando hacia el punto en que se podía ver en su rostro. Se sentó hacia adelante de repente, con la boca abierta, moviendo los labios como si tratara de formar palabras. Después de una mamá, se recompuso.

"Acabo de hablar con él el otro día", dijo March, luego se encontró con la mirada de Kevin. "Acababa de regresar de Sacramento, y se estaba preparando para partir de nuevo... para San Diego, creo que dijo".

Ahora Kevin y Joe Carter se miraron con expresión de sorpresa. Si Cory Caine era el asesino, y sonaba como si él lo fuera por sus viajes y actitudes, fácilmente podría estar apuntando a sus próximas víctimas en San Diego. Quedaron dos asesinatos en la película, y eso fue lo que le había preocupado a Kevin.

"¿Sabes cómo podemos contactar al Sr. Caine?", preguntó.

Miles March comenzó a hojear una libreta de direcciones de su escritorio. "Tengo su número de celular aquí mismo; él es una de nuestras estrellas jóvenes más prometedoras; es importante que pueda contactarlo en cualquier momento". sacó una tarjeta de su libreta y se la dio a Kevin, que a su vez copió el número en su cuaderno.

"¿Puedes pensar en algo más que pueda ayudar en nuestra investigación?", le preguntó al cineasta cuando él y Carter se pusieron de pie.

March negó con la cabeza, y de repente su rostro se relajó y una amplia sonrisa se dibujó en su rostro. "No, pero esto es hermoso... simplemente perfecto".

"¿Qué cosa?". Carter preguntó.

"Voy a comenzar la producción de Smash Hit 2", dijo. "Va a ir por las nubes antes de que llegue a la taquilla. Supongo que tengo que agradecer a Cory por todo esto, ¿eh, caballeros?".

Una vez más, los dos policías se miraron con cejas arqueadas y luego le agradecieron al hombre sin estrecharle la mano. Le hicieron saber que estarían en contacto si tuvieran más preguntas, y que debería ponerse a su disposición cuando sea necesario. Finalmente, abandonaron su oficina en silencio. Antes de que Kevin cerrara la puerta detrás de él, echó un vistazo a Miles March, quien los estaba viendo partir, con una gran sonrisa aún dibujada en su rostro.

"Ese March es un bicho raro", dijo Carter mientras esperaban el ascensor. "Todo es acerca del dinero en esta industria, ¿sabes?".

"Sí", respondió Kevin mientras echaba una mirada hacia la puerta de la oficina del hombre. "Todo es sobre el dinero".

CAPÍTULO 15

Cory Caine fue fácil de contactar para Harmes y Carter. Todo lo que tuvieron que hacer fue marcar su número, y el joven contestó su teléfono en el segundo repique. Era obvio por el sonido de su voz que estaba disfrutando de toda la atención que le brindaban los horripilantes asesinatos y el éxito de su película.

El chico accedió a reunirse con ellos en una de las subestaciones policiales de San Diego. Estaba visitando a una de sus novias más recientes, y no tuvo ningún problema para hablar con la policía en absoluto. De hecho, Harmes pensó que sonaba demasiado ansioso.

San Diego estaba a menos de tres horas de distancia. Kevin y Carter obtuvieron el visto bueno para viajar, y salieron al vuelo para su cita de las dos y media con la estrella de Smash Hit. Mientras volaban, Kevin pensó en la próxima entrevista y en la joven estrella de cine que iban a conocer. Algo simplemente no le sentaba bien en el estómago, pero no podía identificarlo, y eso estaba causando estragos en su úlcera.

Caine ya estaba allí cuando llegaron. Cuando los dos detectives se acercaron al edificio, él ya estaba parado afuera entreteniendo a la prensa, mostrando grandes sonrisas, coqueteando ligeramente con las mujeres y usando su encanto en general. Se quedaron en silencio y miraron el espectáculo durante un corto tiempo antes de que Kevin se hartara de la mierda de sirope y pusiera fin al apogeo de la prensa.

"¿Cory Caine?".

El chico se volvió hacia ellos y de inmediato se olvidó de la prensa. "¿Son ustedes los policías con los que me voy a reunir?".

Kevin asintió. "Sí, pero no hablaremos aquí. Disculpen, amigos, pero el Sr. Caine entrará. Tendrán que terminar esto más tarde, y estoy seguro de que no estará aquí en la estación. Encuentren otra víctima".

La prensa comenzó a maldecir y mascullar entre dientes mientras se dispersaban lentamente. Este era exactamente el tipo de cosa que apestaba sobre sobre ser policía en Cali. Todo era un espectáculo, y todo era publicidad. Hacía difícil para un policía realizar un buen trabajo.

Se volvió hacia Cory. "Vamos adentro y hablemos".

Pronto estaban sentados en una pequeña sala de entrevistas con botellas de agua. Las sillas estaban abarrotadas y la habitación estaba helada; Kevin estaba contento de llevar una chaqueta, pero la estrella de cine estaba en manga corta, y la temperatura no parecía molestarlo en absoluto. Se veía tranquilo, incluso un poco emocionado de estar hablando con la policía.

"Entonces", comenzó Kevin, "estás aquí para visitar a tu chica, ¿eh?".

Cory se encogió de hombros. "Ella no es realmente mi chica. Estoy apenas conociéndola, ¿me entienden?". Él se rió un poco y le guiñó un ojo a Harmes. El chico actuó como si no le importara nada.

"¿Cuánto tiempo vas a estar en la ciudad?", preguntó Kevin.

"Solo un par de días", respondió. "Regresaré a LA el domingo por la noche, así que voy a estar festejando mientras estoy aquí. Bien podría aprovechar mi tiempo libre. Pero el lunes volveré a las apariencias y las entrevistas".

"¿Celebrarlo incluye el asesinato?", disparó Carter.

Cory giró la cabeza en dirección a Carter. "¿Asesinato? Espera, whoa, ¡me estás dejando sin aire, hombre! ¿Estás pensando que soy el Carnicero de la taquilla? Porque estás loco si es así".

Para Kevin, el chico parecía genuinamente sorprendido por la pregunta, pero él era un actor, después de todo. Probablemente fingir emociones era como su segunda naturaleza. Los dos detectives lo observaron mientras miraba de un lado a otro entre ellos y esperaba una respuesta.

"Escuchamos que estuviste en Sacramento la semana pasada", preguntó Kevin. "¿Fue así?".

Caine asintió vigorosamente. "Sí, estaba visitando a mi madre". Los estudió a los dos una vez más. Es esa la razón de... ¿Porque estuve en Sacramento cuando ocurrieron los asesinatos?

Ahora fue Kevin quien se encogió de hombros. "Es una muy buena razón si me preguntas".

"Bueno, yo estaba en Sacramento". El chico se levantó, la sonrisa completamente ausente de su rostro. "Llama a mi madre… ella lo confirmará. Y ciertamente no asesiné a nadie. Quiero coger mujeres, no asesinarlas, muchachos".

Kevin lo observó de cerca mientras apoyaba la espalda en el alféizar de una ventana y cruzaba los brazos sobre el pecho. "Recibiré la información de contacto de tu madre. También escuché que actuaste un poco fuera de lo normal en el set".

"¿Qué quieres decir?".

"Bueno, según tus compañeros de trabajo, parte de tu comportamiento durante la filmación de Smash Hit no era lo que se requiere de un actor", interrumpió Carter. "¿Como tratar de ocuparte de trabajos que no te corresponden, tal vez?".

La cara de Cory Caine se arrugó con genuina confusión. "No sé de qué estás hablando. Mi trabajo es memorizar mis líneas y ser un cierto personaje, y eso es lo que hice. Eso es todo lo que hice. ¿Qué quieres decir?".

Los detectives intercambiaron miradas. El chico nunca iba a ser un ganador de un Oscar; Harmes lo sabía porque había visto Smash Hit. Pero ciertamente estaba dando una actuación convincente ese día. Estaba empezando a parecer asustado, y parecía genuinamente no saber de qué estaban hablando los hombres.

"¿No trataste de controlar el programa?", preguntó Harmes. "¿No querías hacer las cosas un poco más creíbles?".

Su confusión se profundizó. "¡No! Solo hago lo que March me dice. Se volvería loco si intentara ofrecerle algún consejo, y no me gustaría eso. Ha estado en el negocio mucho más tiempo que yo; confío en que él sabe lo que está haciendo. Fui hecho para estar frente a la cámara, no detrás de ella".

Kevin decidió en ese mismo momento que pediría al Departamento de Policía de San Diego asistencia, y les diría que se mantuvieran observando a Caine por el resto de su estadía. Algo dentro de él le estaba diciendo que esto era un callejón sin salida, pero uno nunca podía estar seguro. Por ahora solo obtendría la información de la madre del chico. Luego iría a hacerle una visita.

A Cory se le permitió irse después de dar los números de teléfono a Harmes y Carter y las direcciones donde se podía localizar, tanto en San Diego como en Los Ángeles. Para cuando se fue, estaba listo para irse dela estación a toda velocidad. Estaba nervioso y confundido, y se escabulló del lugar como una cucaracha.

Harmes hizo los arreglos para que el actor fuera vigilado temporalmente y luego él y Carter fueron a visitar a la madre de Cory. La mujer tenía unos cuarenta años, su cabello era rubio con raíces grises y tenía un cigarrillo colgando de la esquina de su boca. Ella parecía realmente sorprendida de que estuvieran allí.

Helena Caine era una mujer abrasiva, y no respondió amablemente ninguna de sus preguntas, pero Harmes no se dio cuenta de ninguna deshonestidad de su parte. Ella les dijo que su hijo estuvo con ella durante toda su visita, que le gustaba verla de vez en cuando para evitar la atención de la prensa. Por supuesto, su hijo no haría daño a una mosca; él era un amante de toda la vida, no un luchador.

∞

Durante el vuelo de regreso a Los Ángeles, los dos policías pudieron hablar sobre el día.

"¿Cuál es tu sensación sobre todo esto, Harmes?", le preguntó Carter.

Kevin tenía la cabeza hacia atrás y los ojos cerrados. Parecía que estaba tratando de descansar pacientemente, pero el hecho era que su mente estaba totalmente acelerada. Cuando pensaba en Cory Caine y conectaba al chico con los asesinatos en su mente, simplemente no encajaba bien. Algo estaba mal.

"Seré honesto", le dijo a Carter. "No creo que haya sido él. Helena nos dejó mirar un poco, y no había nada obvio en su casa. Ni ropa ensangrentada, ni nada. Además, no creo que sea lo suficientemente inteligente como para haberlo hecho".

Carter gruñó, obviamente no muy convencido. "Creo que deberíamos obtener una orden de arresto para su residencia en LA. Los primeros dos asesinatos fueron aquí; tal vez encontremos algo e ese lugar".

"Sí", respondió Harmes; ya estaba en su lista de cosas para hacer. Él se encargaría de eso tan pronto como regresaran a Los Ángeles.

Por ahora iba a tomarse un respiro.

∞

Solo quedaban dos actos más y el hombre ya había seleccionado a las víctimas. Nada se interpondría en su camino para terminar su obra maestra. Ni siquiera los policías.

De acuerdo, entonces ellos ya estaban sobre él. Sabían que era alguien de adentro, alguien cercano a

Smash Hit. Sí, realmente hubiera sido difícil que fuera alguien más, ¿no es así? Pero no importaba; él era demasiado rápido y decidido, y estaba muchos pasos por delante de ellos.

El Quinto Acto (o debería decir 'asesinato') en Smash Hit iba a ser el más difícil de los seis en llevar a cabo. Un joven y una mujer serán asesinados al mismo tiempo, mientras tienen relaciones sexuales. Deberán ser atravesados completamente, ambos cuerpos a la vez, pero esa no será la parte difícil. Él era lo suficientemente fuerte como para hacer el trabajo. La parte difícil será atrapar a sus victimas mientras estaban en el acto.

Él los había elegido cuidadosamente. Dos yonquis en San Diego que no hacían más que tomar drogas y tener relaciones sexuales. Los había elegido hace dos meses mientras hacía negocios en la ciudad, y los había estado monitoreando a ellos y a su comportamiento juntos muy cuidadosamente. Constantemente se drogaban y luego tenían sexo, acostándose por todas partes en el pequeño apartamento infestado de insectos que llamaban hogar. Su preocupación no era que no tuvieran sexo, sino que pudieran ir a la cárcel o morir antes de llevar a cabo el asesinato. Entonces, como un tipo de seguro, había enviado dinero en efectivo, una vez a la semana, por correo, de forma anónima. No era necesario para ellos participar en el crimen; él se ocupó de que se mantuvieran tranquilos en casa.

La sexta víctima iba a ser un viejito que vivía en una pequeña casa de campo. Era sordo, como la última víctima de la película, y sería el más fácil de atacar. Tendría que destripar al anciano y dejar sus intestinos en el suelo junto al cuerpo, pero eso no era nada.

En Smash Hit, el asesino fue derribado por policías inmediatamente después del asesinato final. Se encuentra con la lengua del anciano en una bolsita en el bolsillo de la chaqueta, y resultó que el asesino atacó al hombre porque había violado a su madre, lo que resultó en el nacimiento del asesino en la película. Él tomó su lengua porque eso era lo que le habían hecho a su madre después de su violación.

El anciano que sería la última víctima fue el más fácil de encontrar, porque él era el objetivo de toda la obra maestra.

No podía esperar para poner sus manos en la lengua de este anciano.

CAPÍTULO 16

Harmes y Carter se sentaron en la oficina de Harmes en el recinto y discutieron los resultados de la ejecución de la orden de allanamiento en el departamento de Cory Caine, y no fue una conversación muy profunda en absoluto.

El hecho era que el departamento del joven actor había estad totalmente limpio. Ni siquiera consiguieron algún tipo de arma con un rastro de sangre o tejido en esta. Ningún rastro de sangre en la ropa o en los desagües. Su auto, que estaba en el garaje subterráneo, también fue procesado, y una vez más, no había nada.

"Simplemente no creo que sea él", le dijo Harmes a Carter mientras miraba dentro de su taza de poliestireno y agitaba la bebida con su bastoncito.

Carter negó con la cabeza. "¿Qué deberíamos pensar con respecto a las ubicaciones? ¿Cómo explicamos el hecho de que ha estado en todas partes donde sucedieron los asesinatos cuando sucedieron?

Simplemente no estoy convencido de que sea tan tonto o incapaz como nos podría hacer creer que es".

"Tengo otra idea, Joe", dijo Kevin.

Joe Carter lo miró, esperando, y finalmente dijo: "¿Y bien?".

"Creo que tenemos que echar un vistazo a Miles March".

Joe frunció el ceño. "¿El Director? Oh, diablos. Ese tipo tiene mucho más que perder que cualquier persona. Él está acumulando demasiada popularidad, y hará la secuela. No lo sé, Kevin. Me parece una locura".

"Sí, la está acumulando, es cierto", respondió Kevin. "Sin embargo, ten en cuenta estos puntos: los asesinatos parecen ser una parte importante en esta creciente popularidad de la película. Él es un macho alfa desde el principio; solo mira cómo actuó y habló, incluso con nosotros. Se siente completamente seguro. E incluso Cory Caine dijo que toma instrucciones del director, y no al revés".

"Entonces, ¿Qué quieres que hagamos?".

Kevin se encogió de hombros y se recostó. "Quiero entrevistarlo nuevamente".

∞

El teléfono de la oficina de Kevin estaba en altavoz, y él junto a Carter lo escuchaban sonar mientras esperaban que Miles March respondiera. Estaba fuera de la ciudad y se había ido en su vuelo la misma tarde que se habían encontrado con él en Milestone Pictures. De acuerdo con su secretaria, él estaba en Santa Clara, reuniéndose con inversores para hablar de la segunda entrega de Smash Hit. Cuando Harmes descubrió que March tenía un jet privado y que no podía simplemente verificar dónde aterrizó el vuelo, llamó él mismo al celular del hombre.

Primero cayó en el correo de voz, pero ni Harmes ni Carter dejaron un mensaje. Kevin simplemente colgó y volvió a marcar el número. Lo hizo cuatro veces, con el altavoz encendido, antes de que finalmente Miles Miles contestara. Cuando contestó, parecía molesto.

"¿Cual es tu problema?", lo saludó groseramente.

Harmes y Carter se miraron a los ojos. "Sr. March, este es el Detective Harmes del LAPD. Hablamos la semana pasada"

El hombre guardó silencio por un momento. "Lo siento, detective. Estoy en una reunión en este momento, y tus llamadas me han logrado causar bastante estrés".

"¿Dónde está usted, señor March?". Kevin preguntó.

El hombre se aclaró la garganta. "Estoy en Santa Clara. ¿Que tiene que ver eso?".

Ahora era el turno de Carter. "¿Cuándo volverá? Necesitamos reunirnos con usted para verificar parte de la información que nos proporcionó".

"No hasta el lunes, tal vez el martes", dijo en voz baja. "Detectives, soy un hombre muy ocupado. No llegas a donde estoy sentado y llamando a las personas desde la comodidad de un escritorio. Viajo, y viajo a menudo, por las películas que hago".

Carter rodó los ojos y Kevin sonrió. "Entonces, ¿cuándo volverá a Los Ángeles?".

"Oh, a última hora del lunes o el martes temprano, dependiendo de cómo vayan las cosas aquí, si alguna vez puedo volver a eso".

"Le llamaré entonces, señor March", dijo Kevin gratamente. ¡Gracias por su tiempo!".

Rápidamente pulsó el botón de desconexión antes de que March pudiera responder, y luego miró a Carter. "Vámonos al aeropuerto. Creo que es hora de ver los registros de vuelo del señor Miles March".

∞

"Veamos, hace dos semanas tengo al Sr. March en Aspen durante el fin de semana. El fin de semana pasado fue a las Vegas, y este fin de semana me parece que estará en Santa Clara hasta el lunes".

Carter se paró tocando su pie con impaciencia. Kevin sabía que su colega pensaba que March no era más que un egoísta inocente, y que muy bien podría haber tenido razón. Pero a Kevin Harmes le gustaba descartar meticulosamente a los sospechosos, y eso era lo que haría con March. Además, eso no podría empeorar las cosas.

Hizo que la joven en el aeropuerto hiciera copias de los registros para sus archivos, luego los dos detectives regresaron al recinto. "Te dije que no iba a ser March, Kevin. El tipo ha estado haciendo películas durante años; él no va a arriesgar su fama ni su posición en la industria, ¿sabes?".

Kevin asintió, pero no habló. Quizás Carter tenía razón y estaba ladrando al árbol equivocado. Era viernes, y la investigación había estado consumiendo mucho de él.

"Está bien, está bien", dijo. "¿Qué tal esto? Nos vamos a casa, comemos y dormimos un poco. El fin de semana está aquí, y si van a haber más asesinatos, no lo sabremos hasta que sucedan. Si lo hacen, podemos ver dónde ocurren. Eso debería ayudarnos, con suerte, a acercarnos un poco al asesino".

Entonces, dejó a su compañero en la estación, cambió de automóvil y se dirigió a casa. Harmes puso las noticias de la televisión, puso en el microondas una cena precocinada y tomó media botella de whisky. Sería bueno quedarse dormido en su propio sofá por una vez.

Las noticias eran las mismas: crímenes locales, clima y deportes, y un anuncio que pedía a la gente 'tener cuidado' porque el Carnicero de la Taquilla no había terminado de matar, según la película. Harmes estaba enfermo por eso; todos actuaban como si los asesinatos fueran una gran broma, un truco publicitario de algún tipo. Nadie estaba a salvo.

Se presentó un programa de entrevistas nocturnas, pero para entonces Kevin ya se estaba quedando dormido. Había tomado bastante, y su capacidad para mantenerse despierto había desaparecido por completo. Su último pensamiento fue que mañana sería un nuevo día.

∞

Eran las diez y quince de la noche en San Diego. El hombre estaba de pie en el armario en silencio, sus ojos mirando a través de las ranuras de la puerta, se centró en las dos personas sentadas en el colchón mugriento en el suelo. Sostenía una fuerte lanza en su mano, y la lanza era incluso más alta que él. Estaba emocionado de poder usarla.

Los pequeños drogadictos habían regresado al apartamento a meterse algo de metanfetamina después de encontrar un sobre extra gordo de dinero en su buzón.¡Yay! Un regalo inesperado. Ahora estaban sentados en el colchón pinchándose con agujas mientras algo de metal pesado sonaba en la radio junto a ellos.

Ahora solo era una cuestión de tiempo.

Observó mientras el tipo sacaba la aguja de su brazo y la arrojaba a una caja. Se puso de pie y metió una cinta en una antigua videograbadora que estaba situada encima de un viejo televisor de tubo. Presionó el botón de play y Los sonidos sexuales comenzaron a salir de los altavoces de la televisión junto con la música cursi. Estaban poniendo porno.

La mano del tipo fue directamente a su entrepierna y se puso cómodo sobre el colchón mientras la señorita se calentaba. Sus ojos estaban ansiosamente yendo del televisor a la chica, pero no tuvo que esperar mucho; ella casi había terminado, y pronto se puso de pie y comenzó a bailar y sacudir su trasero frente a él.

Para ser un asesino, sin duda fue paciente. Había estado en el armario esperando esto durante las últimas horas. Ahora, ambos se estaban desnudando. Se estaban dando besos y tocando de arriba abajo. Mantuvo un ojo en la porno, incluso cuando la montaba y comenzaba a embestirla.

No esperó ni un segundo más. Salió del armario, dio dos largos pasos, sostuvo la lanza sobre su cabeza y la bajó con fuerza. Justo antes de empalar a los amantes retorcidos, el hombre lo miró y abrió la boca para gritar, pero nunca tuvo la oportunidad. El asesino los inmovilizó en el suelo sobre el colchón. Ambos tenían los ojos abiertos de par en par, y les salía sangre por la boca mientras se retorcían incesantemente.

Se puso de pie y observó, el macho dio un último tirón, y cuando su aliento dejó sus dos cuerpos, gimió y sonrió.

Incluso la música perfecta había estado sonando para el Quinto Acto; gracias a Dios por el porno

CAPÍTULO 17

Kevin Harmes estaba soñando.

Estaba en una casa, pero no estaba solo. Una joven de unos veintitrés años caminaba por el polvo. Estaba viendo una película en una gran pantalla de cine que llenaba toda una pared, o tal vez la pared era la pantalla. Kevin podía oír gritos, y miró a la pantalla para ver la película Smash Hit. Fue en una de las escenas de asesinato, aunque en su sueño no pudo distinguir cuál.

Podía ver claramente la chica que vivía en la casa. Ella era pequeña, no más de cinco pies de altura. Estaba limpiando y girando hacia la pantalla para mirar mientras hacía su trabajo. Ella no podía ver a Kevin, y él lo sabía. Empezó a acercarse a ella desde atrás, porque sabía que ella sería la próxima víctima y quería advertirle. Sin embargo, cuanto más se acercara a ella, más alejado estaba.

De repente, llamaron a la puerta de la casa. Los sonidos de la película se detuvieron, y la chica se volvió hacia la puerta, un poco sorprendida. Ella le sonrió, como si hubiera estado esperando a alguien.

"¿Quién es?", gritó ella con una voz alegre.

Pero nadie respondió, y Kevin sabía que era el Carnicero de la Taquilla. Trató de agarrar su brazo para poder darle la vuelta y mirarla a la cara. Él quería detenerla y decirle: ¡No, no abras! Pero no importaba cuántas veces intentara agarrar su brazo, su mano simplemente la atravesaba como si estuviera hecha de humo.

El golpe vino de nuevo, más persistente esta vez.

"¡Ya voy!", dijo, y se dirigió a la puerta. Cuando llegó, se detuvo y gritó una vez más: "¿Quién es?".

"¡No!". Kevin gritó, pero no salió ningún sonido. Los golpes se hicieron más y más fuertes, pero ella estaba congelada allí, sin moverse. Los golpes consecutivos eran cada vez más agudos y parecían hacerse más fuertes.

De repente, ella se giró hacia él, y en voz baja, lo que Kevin pudo oír a través de los golpes, fue: "Esto apenas comienza, ¿sabes?".

Ella extendió la mano para abrir la puerta. Los golpes eran tan fuertes ahora que toda la casa estaba temblando. Abrió la boca una vez más para gritarle, para suplicarle que se detuviera, que dejara la puerta cerrada con llave y cerrada, pero giró la perilla y...

Él se sentó derecho en el sofá de la casa. El vaso del que había estado bebiendo whisky cayó junto a él y golpeó el suelo haciendo un fuerte ruido. Fue entonces cuando escuchó el golpe en la puerta. Kevin movió la cabeza y luchó por recuperar su ingenio.

"¿Quién es?", gritó.

Se produjo una pausa. "Es Carter, Harmes. Despierta y ábreme".

Kevin se tambaleó al otro lado de la habitación y abrió la puerta para ver al detective Joe Carter allí parado con una expresión seria en su rostro.

"¿Dormiste lo suficiente, Kevin?", preguntó.

Kevin sofocó un bostezo y entrecerró los ojos a través de la luz del sol que lo golpeaba en la cara. "¿Realmente se puede descansar lo suficiente?".

"Eso espero", respondió Carter. "Ha habido otro asesinato del Carnicero, un par de drogadictos".

Ahora estaba completamente despierto. "¿Dónde?".

"San Diego".

∞

La visita de Carter a Kevin Harmes fue principalmente para informarle lo que había descubierto. Habían estado contactarlo a su celular durante tres horas, pero el anticuado dispositivo había estado muerto, y Joe había venido a arrastrarlo de vuelta a la realidad.

"Esto es lo que sabemos: dos drogatictos, ambos de veinticinco años. Marissa Gooden y Mick Newman. La pareja había estado junta durante algunos años". Joe conducía el automóvil mientras Kevin bebía café desesperadamente.

"¿Cómo sabemos que es el Carnicero?", preguntó Kevin.

Joe lo miró. "Deberías saberlo: porque todo fue tal como en el quinto asesinato de la película. Una pareja teniendo sexo, fueron atravesados de forma limpia. Totalmente clavados en el piso".

"¿Quién los encontró?".

Carter volvió a mirar el camino. "La hermana de la chica. Fue a llevar a la señorita Gooden a su casa a lavar la ropa. Cuando no respondieron a la puerta, usó su llave para entrar. Según la hermana, ambos eran adictos a la metanfetamina. Tenía una llave de la casa en caso de una sobredosis".

"Tenemos que ir a San Diego", dijo Kevin. "Tenemos que traer a Cory Caine".

Carter se rió entre dientes. "Estás dormido todavía. Ellos ya lo tienen. Tenemos que detenernos en la estación para obtener nuestros archivos, bajar y entrevistarlo nosotros mismos".

"¿Qué pasa con el seguimiento que teníamos sobre él?". Kevin preguntó. "¿Lo vieron salir de su casa o algo así?".

"No sé nada más", respondió Carter. "Aprenderemos juntos".

Volaron a San Diego, como un ave de rapiña en una misión. Muy poco se dijeron entre los dos; Kevin revisó los archivos y habló cuando quiso hacer algo por Carter sobre el caso. Pero Carter no tenía mucho que decir; sabía que Harmes ya estaba formando cosas en su mente.

Llegaron al SDPD, donde fueron escoltados a la misma sala de entrevistas que antes. Esta vez sería diferente, Harmes lo sabía. Esta vez tendrían una cámara de video en el otro lado del espejo, grabando todo lo que dijeron e hicieron. Él estaba bien con eso. Si Caine era el asesino, sería capturado hoy. Si no lo fuera, Harmes pronto lo sabría.

Fue traído por un oficial uniformado, y estaba hecho un desastre. Los ojos de Cory Caine tenían los bordes enrojecidos e hinchados; obviamente había estado llorando. Estaba esposado y con grilletes. Nadie estaba dispuesto a tomar ningún riesgo.

Estaba sentado en una silla al otro lado de la mesa frente a Harmes y Carter. "No puedo creer que esto esté sucediendo", graznó. "No hice esto, chicos. Tienen que creerme".

Harmes sonrió. "¿Dónde estuviste anoche?".

"Con Mindy Cooper, la chica que he estado viendo", dijo. "Justo donde te dije que estaría, y nunca me fui, ni una vez".

Según el seguimiento que le tenían a Caine, era cierta su coartada. Los oficiales declararon que nunca lo vieron salir de la residencia. No solo eso, cuando lo arrestaron buscaron el lugar de su novia y su auto, y no encontraron nada en ninguno de los dos.

"Entonces, ¿cómo saliste?". Carter presionó.

Caine lo miró como si hubiera perdido la cabeza. "Ya te lo dije, ¡nunca me fui! Nos emborrachamos y fumamos un poco de hierba, pero todo lo que hicimos fue tener sexo y dormir, ¡lo juro!".

Mindy Cooper estaba siendo entrevistada en el pasillo, y Kevin sabía que ella estaba diciendo lo mismo.

"Entonces, dime, Cory", Kevin comenzó, "¿Es por eso que trataste de presionar a Miles March para que te dejara escenas de asesinatos a sueldo? ¿Es porque querías practicar estos asesinatos antes de tiempo? Porque así es como me parece a mí".

La cara de Caine se congeló. Miró a Harmes por un momento. "¿Es eso lo que quisiste decir en la primera entrevista? ¿Cuándo me preguntaste si traté de hacer las cosas a mi manera?".

Kevin asintió con la cabeza, con una falsa mirada presumida en su rostro mientras intentaba fanfarronear. "Sí. ¿Es eso, Cory? ¿Fue la película 'ensayo?' ".

Ahora el chico parecía enojado. Entrecerró los ojos y dijo en voz baja: "¿Quién te dijo eso?".

"Tu jefe, Miles March".

Cory se reclinó en su silla y negó con la cabeza. "No sé por qué él te diría eso, pero es una mentira. Pregunta al resto del grupo. Pregunta al personal. March siempre controla todas las cosas. Hicimos 'improvisación' de los asesinatos cuando grabamos, pero dijo que era para obtener una reacción genuina y no ensayada de las 'víctimas'. Nunca fue mi idea".

Kevin miró a Carter. Ambos pensaban lo mismo y sus cejas arqueadas lo demostraron. Cory Caine no tuvo nada que ver con estos asesinatos. Él era solo un actor en una película de terror.

Harmes se levantó de un salto. "Está bien, si esa es tu historia, creo que hemos terminado aquí. No tenemos pruebas, e incluso con el seguimiento puesto no se te vio partir. Necesitamos verificarlo un poco, pero espero que no dures aquí mucho más tiempo".

Los detectives salieron de la habitación sin decir una palabra más, dejando a Cory para hacer preguntas cuando salieron que no responderían. Entraron en la sala de observación al otro lado del espejo, y Kevin fue el primero en hablar. Quería asegurarse de que este chico inocente no sufriera más.

"Él no hizo esto", le dijo claramente al detective de San Diego. "Pero estoy bastante seguro de quién lo hizo".

∞

Una hora más tarde, Cory Caine salió por el portón de regreso de la zona de espera. Estaba vestido y listo para salir de ese lugar maloliente. Después de que esos policías de Los Ángeles se habían ido, fue liberado casi de inmediato. Supuso que lo mantendrían con un radar; eso es lo que hacían en la televisión y en las películas de todos modos. Pero no le importaba, porque no había hecho nada malo.

Mindy Cooper condujo, y pudieron escabullirse de la muchedumbre fácilmente y evitar la prensa, gracias a que los policías les permitieron salir por la puerta trasera. Cory estaba lejos de haber terminado con la situación, sin embargo. Iba directamente a la casa de Mindy e iba a hacer una llamada telefónica a Miles March. No sabía lo que ese exigente fulano tenía en mente cuando condujo a la policía hacia él, pero Cory iba a llamarlo inmediatamente.

Mindy le preparó un trago mientras hacía la llamada, que March atendió después de dos repiques.

"Miles March".

Cory quería golpearlo en la garganta, pero mantuvo la calma. "Señor March, es Cory Caine".

Hubo una breve pausa. "¡Cory! Escuché que tenías algunos... problemas ¿Hay algo que pueda hacer para ayudar? Contratar a un buen abogado para ti ¿tal vez?".

"No necesito un abogado, March. Estoy fuera. No pusieron cargos en mi contra; cometieron algún tipo de error". Podía sentir su piel arrastrarse de ira. ¿March le había ofrecido conseguirle un abogado cuando mintió a la policía acerca de él? "Los policías dijeron que les dijiste algunas cosas sobre mi comportamiento en el set que no eran ciertas".

"¿Cosas?", preguntó el hombre. "No lo sé...".

Cory gruñó en el teléfono. "Escucha, Miles. Creo que deberíamos hablar cuando regrese a Los Ángeles. Algunas de las cosas que dijeron, bueno, ayudaron a dar sentido a muchos de tus pequeños hábitos en el set, si sabes a lo que me refiero".

Miles March no dudó. "No hay necesidad de esperar. ¿Todavía estás en San Diego?

"Sí", respondió Caine. "Acabo de salir de la cárcel. Una manera horrible de pasar un sábado, y todo eso fue por ti".

March se aclaró la garganta. "¿Qué tal si voy hacia donde estás y te veo? Nunca quise causar ningún daño, y esto no es más que un malentendido, estoy seguro. Definitivamente podemos hablar de eso. ¿Dónde estás? Podemos aclarar esto con bastante facilidad. Incluso llamaré a la policía y hablaré con ellos si lo deseas, Cory".

Caine pensó en eso por un minuto. Esta podría ser la mejor manera de ser incluido en la próxima película de March. Había muchos rumores acerca de un Smash Hit 2 alrededor del estudio, y tal vez podría ser incluido, aunque su personaje haya sido acabado en la primera. Lo hacían todo el tiempo en películas de terror.

"¿Fue esto una especie de truco publicitario, Miles?", preguntó, su voz como la de un chico inseguro.

March solo se rió. "Más o menos. Te sorprendería lo que la publicidad puede hacer por una carrera, Cory. ¿Cuál es la dirección donde te encuentras? Hablaremos y te informaré de todo"

∞

Miles March colgó su celular y se recostó. Sí, las cosas estaban llegando a un punto crítico, y el momento no podría haber sido más perfecto. Esto iba a funcionar mucho mejor de lo que alguna vez podría haber esperado o soñado. Su obra maestra estaba casi completa, y nadie lo detendría.

Se puso de pie y apagó el DVD de Smash Hit que tenía en la televisión. Él había estado revisando la escena final del asesinato una y otra vez, tal como lo había hecho con todo lo demás. No estaba justo donde tenía que estar, pero Cory Caine había logrado interrumpirlo. Él estaba sorprendido; realmente había pensado que Cory estaría encerrado por un tiempo. No importa, sin embargo; podría alargar esto un poco más, lo suficiente como para terminar la obra maestra.

Dejó caer su bata al suelo y comenzó a cambiarse de ropa. Cuando terminó, buscó en uno de sus bolsos y sacó un estuche de cuero. De él, sacó uno de los cuchillos de filete con el extremo punteado; era su favorito, después de todo. Le encantaba acercarse y hacerlo de forma personal. La lanza era aburrida, pero el público amaba la variedad cuando se trataba de los asesinatos; uno tenía que ser creativo.

Luego, March se puso el sombrero en la cabeza y marcó el número de una compañía de taxis local. Hizo los arreglos para que un taxi lo esperara a una cuadra en un bar para llevarlo al lugar donde estaba Cory. Haría que el taxi lo dejara a una cuadra de allí también, y luego se arrastraría hasta que pudiera entrar sin ser visto. No sería muy difícil; llamaría a Cory para que se encontraran, y luego lo escoltaría. A veces es necesario hacer las cosas de la manera difícil y sufrir por tu arte. Sería una noche ocupada: encargarse de Cory y luego terminar el Acto Final.

Pero sobre todo lo fue porque la novia de Cory, Mindy Cooper, también tendría que morir. Una jugada triple, todo en un día. No pudo evitar sonreír al pensar en ello.

R.W.K. Clark

CAPÍTULO 18

Kevin Harmes y Joe Carter estaban parados en el apartamento de Mindy Cooper en San Diego en silencio. El lugar estaba repleto de policías e investigadores de la escena del crimen, todos ellos parados sobre el cuerpo mutilado de la joven mujer muerta o realizando algún otro tipo de técnicas de investigación. Kevin realmente les estaba pagando a todos sin escatimar; estaba demasiado ocupado como para estar furioso.

Por supuesto, no se pudo encontrar a Cory Caine, lo que hizo que el chico pareciera aún más culpable, pero Kevin no se lo creía. Tenía entre ceja y ceja a Miles March, pero la situación ciertamente parecía sombría para Caine, al menos en la observación inicial. Parecía que el chico había entrado en pánico, había matado a su novia y había ido a las colinas. Al recibir la llamada de la policía de San Diego, así sonaba.

Pero luego el anciano fue encontrado en San Diego por el asesinato de la chica Cooper. Myron Dennis, un hombre de 68 años que había sido condenado por violación unos veinte años antes, fue encontrado mutilado y colgado de una viga que atravesó el techo de la sala de estar en su pequeña casa de campo por su cartero, quien afirmó tener un paquete para que el viejo firmara. El hombre siempre estaba en casa, y cuando no abrió la puerta, el cartero miró por la ventana delantera y lo vio colgando.

Una verificación de antecedentes sobre el anciano trajo a colación la vieja acusación de violación, y también reveló a Kevin que el hombre había sido sospechoso de varias otras violaciones, pero nunca condenado. Sin embargo, no era esa información lo que preocupaba a Harmes. Era el hecho de que el anciano fue encontrado con su propia lengua en la mano, y así fue como la última víctima fue encontrada en Smash Hit. Parecía que el criminal había logrado realizar cada uno de los asesinatos justo como en la película. Si el asesino era el desaparecido Cory Caine, el productor y director Miles March, o alguien más, había hecho el trabajo.

Eso molestó a Kevin Harmes a más no poder.

Se volvió hacia Joe Carter y le dio un codazo al hombre en el brazo. "¡Vámonos de aquí! La policía local tiene un boletín de todos los puntos sobre Caine; quiero llamar a Miles March y ver si ha tenido noticias de su estrella de cine. Pero también quiero ver cómo responde a la noticia de que la novia del chico está muerta y él está desaparecido. Su reacción podría decirnos algo".

Cuando salieron del apartamento, Harmes marcó el número de celular de March, que se suponía que estaría en Santa Clara, según los registros de su vuelo. El teléfono sonó varias veces antes de finalmente ir al correo de voz. Kevin no dejó un mensaje; él simplemente colgó el teléfono y gruñó.

"Creo que tendremos que intentarlo más tarde", le dijo a Carter. "Pero tengo que decírtelo, hombre. Tengo un mal presentimiento sobre esto. No van a encontrar vivo a Cory. Recuerda mis palabras".

∞

El armario estaba frío y oscuro.

El pequeño Donny estaba agachado en el suelo en la oscuridad, con los brazos alrededor de las rodillas y la boca presionada contra ellos para evitar emitir un sonido. Fuera del armario, las cosas chocaban contra las paredes y contra la puerta del armario. Podía escuchar el gorgoteo de su madre furiosa mientras tenía su rabieta, la segunda de ese día.

Apenas era la hora del almuerzo.

Pero Donny estaba acostumbrado. Desde que había nacido, había tenido que soportar su odio hacia él y sus golpes. Él tenía solo siete años, pero su corta edad no la detuvo, y no había dejado de decirle por qué lo odiaba hace dos años. No podía hablar, pero le había dibujado imágenes, y eran bastante claras.

Fuera quien fuera su padre, él era el motivo por el cual la madre de Donny lo odiaba. Donny no entendía la razón por completo. Solo sabía que su padre había hecho daño a su mamá, y así fue como ella tuvo a Donny. Ella también le dijo que su papá había sido el que le mutiló la lengua; lo había hecho para evitar que ella hablara sobre él.

La mamá de Donny solía estar en películas. Donny había visto por sí mismo dos de ellas. Ella había sido hermosa cuando era joven, y también había tenido una voz muy bonita. Ahora todo lo que hacía era gemir, gorgotear y chillar, como lo estaba haciendo ahora. Donny movió sus manos y se las puso con fuerza sobre las orejas cuando un objeto de vidrio se rompió contra la puerta del armario.

Algún día Donny encontraría a su papá; se hizo una promesa a sí mismo de que lo haría. Le preguntaría a su padre por qué lastimó tanto a su mamá, por qué hizo que ella no pudiera usar más las palabras. Entonces tal vez, solo tal vez, Donny le robaría la lengua a su padre para que él supiera cómo se sentía.

Pero por ahora solo tenía siete años, y su mami estaba enojada con él de nuevo. La puerta del armario se abrió y, sin perder un segundo, Donny se deslizó por el piso y alrededor de las piernas de su madre. Un fuerte chillido salió de su boca mientras giraba e intentaba agarrar sus tobillos, pero él se deslizó de su agarre y ella perdió el equilibrio y cayó al suelo. Donny rápidamente se arrastró hasta la esquina más cercana y la miró horrorizado mientras ella trataba de levantarse. Sabía que estaba metido en un problema; él había hecho caer a mami.

Corrió hacia él, lo agarró por el pelo y comenzó a arrastrarlo por el suelo. Trató de patear y retorcerse para alejarse de ella, pero ella lo tenía sujetado firmemente de su cabeza. No se atrevía a hablar ni a gritar, porque una de las razones por las que lo odiaba era porque él podía hablar y ella no. Iba a tener que dejar de pelear y dejar que lo castigara, o de lo contrario empeoraría todo.

Ella lo tiró hasta la cocina y se sentó en su pecho, sosteniendo sus brazos con las rodillas. Sus labios se movían con una velocidad incalculable, pero no salió ningún sonido, por supuesto. No importaba, Donny sabía lo que estaba diciendo: que era sucio y feo y al igual que su padre; que todo lo que hacía era causarle dolor. Desde que aprendió a leer bien, le había escrito esto en notas innumerables veces.

Levantó la mano y agarró el cuchillo del mostrador, el que tenía dos cortes en la parte superior de la hoja. Con ella, le rompió la camiseta a rayas rojas y blancas que él tenía puesta, y entonces Donny comenzó a llorar en serio. Ella lo miró y sonrió mientras agitaba el cuchillo ante sus ojos.

"No, mami, por favor", gimió. "Seré un buen chico, lo prometo".

Pero, como si no lo hubiera escuchado, le pasó la cuchilla por la piel. Le dolió, y más lágrimas brotaron de sus ojos. Pero Donny se mordió el interior de los labios y se quedó en silencio. Si llegara a hacer otro sonido, esto no terminaría por horas.

Después de que ella lo cortó siete veces, una por cada año que estuvo vivo, su madre lo miró a la cara por primera vez desde que comenzó a cortarlo. Él se había desmayado por el dolor. No más lágrimas, no más palabras, y no más sonidos, justo como debería ser.

∞

Miles March fue sacado violentamente del sueño por el sonido de su teléfono celular. Lo recogió y echó un vistazo al número: Era ese policía de nuevo. Deben haber encontrado el cuerpo de la pequeña llorona Mindy Cooper. Él sonrió para sí mismo; estaban buscando a Cory Caine, y él lo sabía. Perfecto.

Él respondió el teléfono, su sonrisa aún intacta. "Miles March".

"Sr. March, este es el Detective Harmes", respondió la voz. "Espero no molestarlo, pero el caso del Carnicero de la Taquilla ha tomado un giro. ¿Sigue en Santa Clara?".

Miles se puso de pie y encendió la lámpara de la mesita de noche. El reloj de la cabecera decía las once y media de la mañana. Era domingo y había terminado el Acto Final de su obra maestra. Caminó hacia las pesadas cortinas negras para abrirlas y dejar entrar la luz del sol.

"No, detective", respondió. "De hecho, no sigo allá. Volví a LA anoche. ¿Cómo puedo ayudarle?".

Harmes se aclaró la garganta. "¿Has hablado con Cory Caine, por casualidad?".

La sonrisa de March creció. "No. No lo he hecho. ¿Ocurre algo?".

Pudo haber sido la imaginación de Kevin Harmes, pero podía jurar que la voz de March sonaba... complacida. "Tenemos a su novia muerta, otro asesinato de Smash Hit, y un sujeto masculino perdido, que casualmente era un sospechoso. Entonces, supongo que esperaba que hubiera visto o hablado con el señor Caine".

March guardó silencio, durante lo que a Kevin le pareció que fue una gran cantidad de tiempo. Ni siquiera podía escuchar el aliento del hombre. Finalmente, se vio obligado a preguntar: "¿Todavía está allí, señor March?".

"Sí, sí", fue la respuesta. "Estoy aquí. Escucha, iré a la oficina pronto. Si mi secretaria ha tenido noticias de Cory, seré el primero en saberlo. Le llamaré de inmediato. Me iré a unas pre-vacaciones antes de la filmación de Smash Hit 2 esta semana, así que me aseguraré de mantener mis ojos y oídos bien abiertos mientras tanto. ¿Qué te parece?".

¿Era la imaginación de Kevin, o parecía estar analizando demasiado sus palabras, como si intentara pensar y ofrecer respuestas que apaciguaran temporalmente la situación? Él respiró hondo y dijo: "Eso estaría bien. Esperaré saber de usted pronto".

Cuando la llamada finalizó, March dejó que su mente divagara hacia el sueño. Sintió una fuerte sensación en el estómago y la ira comenzó a fluir dentro de él. Se permitió concentrarse en la emoción por un momento antes de ponerse de pie y colocarse una bata de satén. Luego se dirigió a la puerta de la planta baja del sótano, y mientras giraba la perilla y bajaba trotando los escalones, comenzó a tararear para sí mismo.

Un gran congelador estaba en un área pequeña a la izquierda, en la parte inferior de los escalones. Este contaba con una cerradura de combinación, y Miles March continuó tarareando mientras giraba el dial hacia adelante y hacia atrás como un experto. En menos de un minuto lo desbloqueó y abrió la puerta del congelador.

Cory Caine estaba dentro del congelador. Se encontraba envuelto en plástico pesado, y la cinta adhesiva estaba enrollada de forma segura alrededor de su cuerpo en tres áreas diferentes. March estaba sano y salvo, y aunque la llamada del detective Harmes lo había sobresaltado porque no había estado del todo despierto, ahora pudo respirar con alivio.

"Sí, detective Harmes ", murmuró con una sonrisa sarcástica, "He visto a Cory Caine. Me empeñé en hacerle saber que lo está buscando".

Dejó que la puerta del congelador se cerrara de golpe, luego aseguró el candado una vez más antes de dejar que su tarareo se conviertiera en un silbido. Es hora de bañarse y comenzar a planear su próximo paso. En su mente, eso significaba dirigirse al estudio para hacer una aparición; tenía que comenzar la producción de otra película, y no podía esperar.

Se duchó y se vistió, y luego sacó una gran caja de zapatos de una caja fuerte que guardaba en la parte posterior del armario de su habitación. Él la abrió y comenzó a revolver las fotos y los artículos de periódico que había dentro. Todos eran sobre la madre de un chico llamado Donovan Cannon. Ella era una actriz que había sido violada y mutilada, y terminó embarazada de su atacante. El violador le había cortado la lengua en un esfuerzo que se suponía iba a asegurar que nunca hablaría ni lo identificaría.

Miles March era Donovan Cannon; su madre había sido Ruth Cannon, una 'reina del grito' a finales de los años sesenta. Ella lo había odiado hasta el punto de abuso, y todo lo que Donovan había intentado hacer era ganarse su amor. Bueno, su obra maestra había sido su coup de grâce, su último homenaje a su sufrimiento, y el último intento de ganar, de una mujer muerta, el amor que nunca había recibido.

Sí, pensó mientras devolvía los artículos a la caja, ella finalmente está feliz con Donny ahora.

Tenía un plan, un plan que aseguraría que pudiera permanecer libre y funcional. Pero por ahora, era importante que guardara la cara y fuera al estudio. Después de todo, los policías obviamente habían caído en su nube de humo y espejos con relación a Cory Caine.

Cory iba a ser más valioso muerto de lo que nunca fue en vida.

CAPÍTULO 19

Kevin Harmes colgó el teléfono después de hablar con Miles March y miró a Joe Carter a través de su escritorio.

"¿Bien?", Carter sugirió. "¿Ha visto o escuchado de Caine?".

Harmes se inclinó hacia adelante, se encogió de hombros y tomó un sorbo del café frío en la pequeña taza de espuma de poliestireno sobre su escritorio. "Él dice que no. Si Caine es el asesino, y él está prófugo, no espero que se presente a trabajar hoy de todos modos. Pero tengo que decirte, Joe, que no estoy tan seguro.

Carter lo miró locamente. "¿Qué quieres decir, Kevin? Su chica, Mindy Cooper, es encontrada muerta en medio de un baño de sangre. Caine, que sabíamos que estaba con ella, no se encuentra por ningún lado. Los asesinatos en la película están concluidos, ¿quién más podría ser? Tal vez la señorita Cooper descubrió algo y Caine se vio obligado a silenciarla. Esa es mi teoria".

"Y parecería una buena", respondió Kevin. "Pero de eso se trata: Los asesinatos de la película se han completado. El asesino era casi tan exigente como podía ser, sin poder predecir las reacciones y respuestas de sus víctimas. Mindy Cooper no debería haber muerto, no tiene sentido. Los asesinatos supuestamente han terminado".

"Entonces, ¿qué sigue?".

Kevin se recostó y lo pensó. Esperaría a saber de March, y mientras tanto, él y Carter volarían a Sacramento para hablar con la madre de Cory Caine, quien le había dicho a la policía que no lo había visto ni había tenido noticias suyas. Tal vez había algo que todos los demás estaban pasando por alto.

"Vamos a tener una charla con mamá", dijo finalmente Kevin. "Si ella sabe dónde está el chico, tal vez podamos sacarle la información con un poco de paciencia".

Cuando salieron de la estación, Kevin no pudo evitar prestar atención a la persistente sensación que sentía por dentro. Algo simplemente no estaba bien, pero una vez más no podía determinar qué era. Por el momento, tendría que esperar, al menos hasta que las cosas se aclararan mejor en su cabeza.

Miles March no había dicho la verdad acerca de estar en Los Ángeles.

Oh, planeaba estar allí para una reunión a media mañana, pero cuando habló con Harmes, en realidad todavía se encontraba en San Diego. Sin embargo, no es necesario ofrecer ninguna información adicional. Después de todo, sería como hacer el trabajo de los policías para ellos.

Él había salido después de revisar el interior de su caja de zapatos con toda la intención de volar de regreso a LA para la reunión, pero había cambiado de opinión. Estaba empezando a sentirse un poco nervioso, por lo que llamó a los demás que iban a asistir a la reunión y la reprogramó para el día siguiente. Las cosas se sentían un poco flojas, como si estuvieran fuera de control. Esto hizo que el sabor metálico del pánico llenara su boca, pero no sabía por qué.

Entonces, le había dicho a su secretaria, después de preguntarle si había visto a Cory Caine, que tenía otros asuntos que atender allí en la ciudad, pero decidió quedarse en San Diego una noche más para pensar un poco. Necesitaba suavizar las cosas y recuperar el control que creía haber perdido. Entonces, ahora estaba de vuelta en su casa en San Diego, sentado en el inodoro del baño principal, arrastrando una navaja por la piel de la parte superior del muslo. Mientras la sangre caía al piso, sintió que la ansiedad se iba junto con ella.

Él no iba a ser atrapado. Había planeado demasiado tiempo todo esto para dejar que las cosas se desmoronaran ahora. Era inteligente, consumado y rico, y nada iba a impedir que esta obra maestra personal cumpliera su propósito.

Después de media hora se limpió a sí mismo y al baño, luego se vistió con ropa limpia. Pensándolo bien, podría tomar sus mini vacaciones en una de sus otras casas en Los Ángeles, lejos de San Diego. Se relajaría y se deleitaría con el éxito de Smash Hit, y con el éxito de la venganza que había tomado en nombre de su madre.

Se lo había ganado.

∞

Sacramento fue un fracaso.

La madre de Cory Caine estaba tan afligida por la desaparición de su hijo que ni siquiera dejó que Harmes y Carter entraran a su casa. Hablaron con otros oficiales sobre el caso a nivel local, y todos tenían la misma opinión: Cory Caine era el Carnicero de la Taquilla. Para la madre era un caso de persona desaparecida; para los policías era la caza de un asesino.

Para cuando llegaron a Los Ángeles eran casi las seis de la tarde, pero Harmes no estaba listo para tirar la toalla por el día. Señaló el automóvil en dirección a

Milestone Pictures y continuó conduciendo en silencio. Carter comenzó a ponerse nervioso de inmediato.

"¿Qué estamos haciendo?".

Harmes se encogió de hombros. "Pensé que simplemente podríamos detenernos en Milestone. Con un nuevo proyecto en proceso, supongo que March estará en el estudio. Me pregunto si ha tenido noticias de Caine".

"Te habría llamado", dijo Carter con voz perturbada. "Pero es domingo. ¿No crees en el sueño?".

Kevin ignoró al hombre. "Nos dará la oportunidad de entrevistar a algunos de los otros elencos y el equipo que están pasando el rato. Sabes que estas personas trabajan hasta altas horas de la noche. Solo quiero intentarlo, ¿está bien?".

Los dos hombres estacionaron y exhibieron sus insignias, y pronto estaban subiendo en el ascensor al último piso donde estaba la oficina de Miles March. "Comenzaremos allí primero, luego nos mezclaremos y haremos algunas preguntas más. Apuesto a que March no está, de todos modos".

Bajaron del ascensor y entraron al área del vestíbulo, que estaba oscura y tenue por las luces que se reducían por la noche. Parecía desierto al principio, pero luego Kevin se dio cuenta de que la secretaria de March estaba de pie en las sombras detrás de su escritorio. Se estaba poniendo un suéter, y se detuvo en seco cuando vio a los dos detectives.

"¿Puedo ayudarles?", preguntó ella con voz insegura. "El estudio está cerrado".

Kevin le dedicó una sonrisa en la oscuridad, lo que la impulsó a encender un interruptor; la luz inundó el vestíbulo.

"Hola. Es bueno verte de nuevo, "comenzó Kevin. "Solo estoy trabajando en el caso. Hablé con el Sr. March esta mañana y él me dijo que vendría a una reunión y me avisaría si había tenido noticias de Cory Caine. Supongo que March se fue por la noche.

La mujer parecía un poco confundida. "¿Cuándo hablaste con él? Porque el Sr. March no vino hoy. La reunión fue pospuesta. Me pidió que le avisara si Cory venía, pero no lo hizo".

Kevin miró a Carter antes de continuar. "¿Se perdió la reunión? Pensé que era demasiado importante para pasarla por alto, especialmente porque voló a Los Ángeles exclusivamente para eso".

Ella disparó otra mirada confundida. "No pensé que él hubiera regresado todavía. Escuche, realmente tengo que irme; ¿Puedo dejarle un mensaje de que han pasado por aquí?".

Kevin la estudió brevemente. "No es para tanto. Me pondré en contacto con él mañana, entonces. ¡Buenas noches!".

Comenzaron a regresar al automóvil. Kevin guardó silencio y Carter lo notó. Kevin no dijo una palabra desde que salieron del área del vestíbulo; estaba caminando con energía y propósito, y Carter estaba teniendo dificultades para comprender qué estaba pensando.

"¿Qué piensas?, preguntó mientras subían al auto".

Cuando Kevin encendió el motor, él respondió: "Algo no está bien". Comenzó a conducir lleno de intención y propósito, y Carter se dio cuenta de todo enseguida.

"¿Entonces adónde vamos?".

Harmes mantuvo su visión al frente. Se aclaró la garganta y dijo: "De vuelta a LAX. Es hora de darle una visita de nuevo a las pistas privadas del aeropuerto. Si Miles March me mintió acerca de estar en Los Ángeles, ¿dónde ha estado?

R.W.K. Clark

CAPÍTULO 20

"Veamos... Puedo ver un vuelo llegando a LA ayer por la noche".

El joven estaba de pie con un portapapeles en la mano, mirando la hoja en la parte superior y escaneando con los ojos. Su frente se frunció mientras se concentraba. Después de un momento él asintió y miró a Kevin.

"Sí. Ayer por la tarde".

Kevin miró a su compañero. "Entonces, creo que March estaba diciendo la verdad; él regresó a Los Ángeles".

El chico intervino. "Sí, quiero decir, es posible. Como dije, los registros de vuelo indican que el March-Air 3 llegó aquí a las ocho y treinta y tres anoche. Pero eso no significa que el Sr. March venía dentro".

Kevin volvió la cabeza hacia el joven. "¿Qué quieres decir? ¿Por qué aterrizaría el avión y el señor March no estaría en él?".

El chico con la insignia que decía Travis Cole les dio una risita a los dos oficiales. "Bueno, podría haberlo estado, pero con el señor March no hay forma de saberlo. Después de todo, el hombre tiene tres aviones; él podría haber estado en cualquiera de ellos".

Carter y Harmes hablaron al unísono. "¿Tres aviones? ¿Cómo es que no sabíamos esto?".

Travis les ofreció un asentimiento. No estoy seguro. Solo trabajo los fines de semana". Luego comenzó a caminar hacia el mostrador donde lo habían encontrado. Tiró el portapapeles y comenzó a teclear en la computadora que estaba frente a él. Les había dicho que tenía mucho trabajo que hacer cuando llegaron por primera vez.

"Sí, tres aviones ", respondió. "El Sr. March tiene bastantes empresas relacionadas con los negocios que requieren el uso de sus aviones; pero él no siempre es un pasajero. Ahora, si me disculpan".

El chico comenzó a escribir en serio, lo que provocó que Kevin alcanzara la parte superior del mostrador y golpeara con la mano el teclado. La cabeza de Travis Cole se levantó con sorpresa.

"¿Qué diablos?".

Kevin sonrió. "Escuche… Sr. Cole, ¿verdad? Quiero saber todo sobre estos aviones. Quiero saber dónde volaron todos y cada uno durante los últimos tres fines de semana. Y lo quiero ahora".

Él retiró su mano y se enderezó. Travis lo miró por un minuto, luego obviamente se resignó al hecho de que iba a tener que pasar más tiempo sin hacer su propio trabajo. Volvió a mirar la pantalla de la computadora y comenzó a tocar ligeramente el teclado.

"Bien, bien", comenzó. "Me llevará un momento obtener la información. Tenemos March-Air 1, 2 y 3. Dijiste tres semanas consecutivas desde hoy, ¿correcto?".

"Correcto", dijeron Carter y Harmes al unísono.

Después de unos tres minutos, el joven levantó la vista. "Ok". Los detectives asintieron en respuesta.

Harmes habló. "Busque primero por el cuarto y el quinto día de este mes".

Travis volvió a mirar la pantalla. "En el cuarto, March-Air 1 realizó un vuelo a Sydney, Nueva Gales del Sur. No regresó hasta el domingo. March-Air 2 salió en la tarde del cuarto para la ciudad de Nueva York, y regresó temprano el domingo por la mañana. March-Air 3 se suspendió todo el fin de semana por mantenimiento".

"¿Fue el Sr. March en cualquiera de los dos vuelos que se fueron?". Carter preguntó.

Travis negó con la cabeza con impaciencia. "Solo trabajo los fines de semana, recuerde, y no es específico en ninguno de los vuelos si el Sr. March era pasajero o no".

"Así que continúa con los vuelos del undécimo al decimotercer día", exigió Kevin. "Ese fue el fin de semana de los asesinatos de Sacramento".

Travis hizo un poco más de tapping. "Bueno. La mañana del viernes once, aparecen dos vuelos más. Uno fue a Austin, Texas y regresó el sábado por la noche justo antes de la medianoche; el otro fue a Sacramento y no regresó hasta el domingo por la tarde. March-Air 1 fue puesto a tierra por mantenimiento, y no, no dice cuál fue el vuelo en el que estuvo el Sr. March".

Finalmente, Kevin solicitó los vuelos del dieciocho al veinte, el fin de semana que acababa de pasar, el fin de semana de los asesinatos en San Diego.

"El March Air-3 fue a Butte, Montana la tarde del viernes temprano y regresó aquí, a Los Ángeles, a las ocho y treinta y tres de la tarde del sábado, justo como dije, y al igual que el señor March le dijo", anunció Travis con rigidez. "El March Air-1 fue a San Diego, y aún no ha regresado, pero parece que se devolverá mañana a primera hora".

Harmes miró a Carter y ambos arquearon las cejas. "Dime, Travis", continuó Harmes. "¿Sabes si el Sr. March tiene una preferencia de cadena de hoteles cuando viaja fuera de la ciudad?". A Kevin le pareció que la única forma en que iban a poder localizar al hombre en una ciudad u otra era a través de los registros del hotel.

Travis Cole negó con la cabeza. "Todo lo que puedo decirle es que el Sr. March no se quedará en ningún hotel si puede evitarlo; él tiene casas en todo el país. Se rumorea que también tiene varias fuera del país. Muchos de los muchachos hacen bromas al respecto, ¿sabes? Acerca de lo agradable que debe ser tener tanto dinero. Y el sujeto actúa...".

Él levantó la vista de la computadora pero los dos policías habían desaparecido. Miró alrededor de la habitación por un minuto antes de volver de nuevo a su propio trabajo. Travis no le dedicó a los dos detectives, o a sus preguntas, otro pensamiento.

∞

"En serio, Joe, algo pasa con Miles March".

Se estaba haciendo muy tarde, y mientras Joe Carter estaba cansado y hambriento, Kevin Harmes parecía estar despertando. Estaba sentado en el asiento del conductor, dirigiendo el automóvil a lo largo de la autopista con propósito y dirección. Joe quería mantener el ritmo, pero estaba al borde del agotamiento.

"¿No puede esperar hasta la mañana?", le preguntó a Kevin. "March estaría de vuelta en ese momento, si es que él está en el avión de San Diego".

Kevin tomó la rampa de salida y se volvió hacia la estación. "Mira: vete a casa, a comer y dormir un poco. Yo voy a averiguar sobre estas casas; quiero saber dónde están todas exactamente. Sin duda me dará algo de sueño durante la noche, pero me conectaré con la computadora y aprenderé un poco más sobre el señor Miles March. Por la mañana, cuando vuelvas, le haremos una pequeña visita en Milestone Pictures".

Así fue hecho. Joe Carter se subió a su vehículo personal y se fue, mientras que Kevin Harmes se dirigió a su oficina con una taza humeante de café de la estación y su expediente del Carnicero de la Taquilla. Su enfoque ya no estaba en Cory Caine; de hecho, estaba convencido en su mente de que Cory Caine estaba muerto en alguna parte. Kevin estaba a punto de convencerse de que el famoso productor y director Miles March había estado creando una cortina de humo en la parte trasera todo el tiempo.

Esta noche, tenía la intención de descubrir todo lo que pudiera sobre el hombre.

Entonces, Kevin Harmes comenzó investigando todas las casas y otras propiedades del cineasta. Había tantos carros y casas que Kevin se sintió enfermo mientras hacía su trabajo, pero trató de no dejar que eso le afectara. ¡Cómo debe ser tener tanto dinero a disposición!

El hombre poseía, según el Departamento de Vehículos Motorizados, diecisiete automóviles y tres motocicletas. Entre los vehículos había dos Porches, una limusina, un Porsche, varios modelos del extranjero, un par de Harley-Davidsons y un yate. Miles March tenía una colección bastante impresionante de atracciones.

En cuanto a los hogares, la lista era asombrosa. Podía ver las propiedades en el estado, y se encontró seis: Dos en Los Ángeles, uno en Bakersfield, otra en Sacramento, una en el valle de Napa, y otra en San Diego. Por supuesto, nada de esto probó nada, pero provocó una confirmación en la mente de Kevin de que estaba en el camino correcto. Él hizo una nota para averiguar sobre otras propiedades que March tuviera fuera del estado a la mañana siguiente. Por ahora, todo lo que quería hacer era aprender un poco más de la información personal sobre el famoso director.

Kevin marcó la página de propiedades que estaba estudiando y comenzó a revisar los antecedentes del hombre. Parecía, por lo que él podía decir, que el hombre 'Miles March' técnicamente había nacido hace treinta años más o menos. El hombre tenía alrededor de cincuenta años de edad, por lo que la discrepancia se apoderó de la atención de Kevin. ¿Quién era Miles March antes de ser Miles March?

Internet y Wikipedia le dieron muy poco para seguir. Toda la historia registrada que Kevin pudo encontrar comenzó al contar la carrera cinematográfica del hombre; no hubo historia de la niñez, mención de padres, hermanos o amigos, nada. Era casi como si hubiera aparecido repentinamente sobre la faz de la tierra a fines de sus veinte o principios de los treinta y haya comenzado a prosperar de inmediato.

Smash Hit podría haber sido su mayor éxito hasta la fecha, pero estaba lejos de ser su único éxito. Una búsqueda en Wiki de la película reveló la trama detallada: un asesino en serie acecha a las víctimas de acuerdo con una película con el fin de vengarse de una persona del pasado. ¿Fue Smash Hit más fiel a la vida de lo que nadie entendió? ¿Miles March había preparado una película que contaba algunos aspectos personales y privados de su vida?

Kevin se reclinó y le dio vueltas a estas preguntas en su mente. Independientemente de las respuestas, ninguna de ellas señalaba al director como el perpetrador. El hecho de que poseyera aviones y casas era circunstancial; incluso el hecho de que volara uno de sus aviones a cada una de las ciudades en las que ocurrieron los asesinatos también era circunstancial.

Kevin hizo clic con el mouse y regresó a la página de propiedades. Se sentó una vez más y lo examinó, escaneando la información con los ojos. Extendió la mano y recorrió la página, revisando la información en la pantalla una vez más. La última propiedad fue la de Bakersfield; nada nuevo llamó su atención hasta que llegó al final de la larga página.

A la derecha, en el fondo de la propiedad de Bakersfield, había una pequeña caja naranja con las letras

REF en ella. Kevin frunció el ceño y retrocedió rápidamente para ver si se podía encontrar la misma caja naranja debajo de todas las otras propiedades de California, pero no había nada. Se desplazó hacia abajo una vez más, y sin perder el ritmo, hizo clic en la pequeña caja naranja.

Esta vez, apareció una sola página de propiedades en la pantalla. Lo primero que Kevin tomó nota fue la dirección. Según la información, la propiedad consistía en una casa en el antiguo distrito histórico de West Adams. Tenía cuatro dormitorios y dos baños, y actualmente estaba en propiedad, pero deshabitada, como lo había estado durante algún tiempo. Hubo varios intentos de comprar la propiedad, pero el dueño se negó.

Había dos propietarios en la lista: Ruth Cannon y Donovan Cannon.

Kevin entrecerró los ojos y miró el primer nombre. ¿Ruth Cannon? ¿Por qué ese nombre suena tan familiar? Hizo clic para hacer una nueva pestaña y apareció una página de búsqueda, donde ingresó 'Ruth Cannon Los Angeles'. Si la computadora no sabía quién era, nadie lo sabría.

Pero la computadora sí tenía la información.

Ruth Cannon fue una joven actriz de 1961 a 1967, y había sido famosa por sus 'gritos de terror' que perforaban las orejas, lo que contribuyó a la popularidad de las películas de terror en aquellos días. Algunas imágenes de Cannon mostraban a una chica bonita en su adolescencia o principios de los años veinte, y siempre tenía una sonrisa maravillosa. Kevin escaneó la página para encontrar que también había información en Wikipedia sobre la actriz; no perdió tiempo haciendo clic en eso.

Se brindó un breve trasfondo con respecto a la mujer, incluida una historia de vida y una breve lista de películas en las que había estado. Parecía que ella dejó el negocio del espectáculo inesperadamente en algún momento a fines de los años sesenta, y nunca regresó. Ella se convirtió en una ermitaña, por lo que se ve: negó entrevistas y papeles, e incluso se encerró en su 'hermosa y lujosa' casa de Los Ángeles en West Adams. Murió en los años ochenta, dejando atrás a un hijo, Donovan, que había sido estudiante de cine en la UCLA antes de desaparecer por completo después de su muerte. La casa de West Adams todavía estaba a su nombre, pero Donovan Cannon nunca se había hecho un nombre en la industria.

Una vez más, Kevin se recostó para pensar, con las puntas de los dedos colocadas debajo de la barbilla. ¿Cannon Donovan? ¿Acaso Ruth había dejado las películas para criar a su hijo en paz, tal vez? Esa sería su suposición, pero no había nada específico en Wiki.

Una vez más, ingresó su nombre en la búsqueda, esta vez añadiendo a Donovan. Solo apareció una cosa en la búsqueda de Donovan: un breve artículo escrito en The Times para una pareja que quería comprar la casa de West Adams. El escritor del artículo habló sobre Donovan Cannon y le pidió que él o cualquier persona que lo conociera se contacte con la parte interesada. Aparte de eso, era como si el hombre hubiera caído de la faz de la tierra.

De vuelta en la página Wiki de Ruth, Kevin tomó nota del director que había hecho sus películas: Webster Morton. Ejecutó una búsqueda en internet del hombre y descubrió que todavía estaba vivo y bien, y vivía en Los Ángeles. Kevin miró su reloj: once y treinta. Hizo una nota para llamar al anciano tan pronto como saliera el sol.

Por ahora, trabajaría para descubrir por qué se hizo referencia a la propiedad Cannon en la lista de propiedades de Miles March.

CAPÍTULO 21

Miles March soportaba la sensación de que todo se estaba deshaciendo lenta pero seguramente.

Era tarde el domingo por la noche, y él estaba de pie, inmóvil, en la ducha de su casa favorita de Los Ángeles. Era su favorita porque tenía una gran puerta de hierro fundido y Rottweilers por seguridad. Podía esconderse allí y resolver las cosas en su mente sin interrupción, al menos por ahora. Estaba seguro de que la policía aún no lo había captado por completo, pero lo haría, y muy pronto gracias a Travis Cole, el pequeño idiota del aeropuerto.

En unos veinte minutos, el pequeño punk había regalado uno de sus secretos favoritos: aviones. Era el secreto que lo había mantenido a salvo y libre para continuar con su arte sin interrupción. Ahora ya no eran un secreto, y si bien sabía que por los propios aviones no lo atraparían, también era consciente de que su existencia provocaría preguntas sobre su deshonestidad.

Ahora los policías sabían que él mintió sobre estar en LA; se sorprendió de que no estuvieran allí para arrestarlo cuando bajó del avión.

Pero no habían estado. Solo Travis Cole y las noticias de la visita de la policía y las preguntas que habían hecho. Miles se había manejado bien; se mantuvo calmado y amable todo el tiempo que el chico habló. Luego se excusó para ir al baño, donde llamó a la celda del conductor de la limusina y le dijo que la llevara al garaje; él tomaría un paseo con un colega, dijo.

Se paseó por el aeropuerto, nervioso por dentro, liso como la seda en el exterior. Hizo una pequeña charla con Travis Cole durante media hora antes de que el chico le dijera que su turno había terminado y se iría a su casa. Convenientemente, Miles lo acompañó hasta el estacionamiento, donde procedió a hacer un gran drama porque su limusina no estuviera allí todavía, y fingió llamar a su conductor, quien juró que iba a disparar cuando llegara a casa.

Durante el viaje en automóvil que Travis Cole le dio, Miles March tomó una decisión muy mala, una decisión que lo hizo temblar en la ducha que ahora estaba tomando.

Habían estado conduciendo en dirección a la 'casa' de March. Al menos, la dirección que March le había dicho al joven empleado del aeropuerto que fuera, pero ninguno de sus hogares en Los Ángeles estaba cerca de esta. March había estado intencionalmente relajado, hablando poco, e incluso haciendo un par de bromas atípicas. Travis Cole se había sentido completamente a gusto.

Habían tomado un camino sin salida, lo que provocó que March se disculpara por dar las instrucciones equivocadas. Cuando el joven Cole fue a darse la vuelta, de repente se detuvo y se disculpó con Miles March una vez más por hablar con los detectives con tanta libertad. March simplemente se limitó a sonreír, asintió con la cabeza y se despidió con la mano, justo antes de agarrar al fulano bocón por el cuello y exprimirle la vida justo donde estaban sentados.

Le había encantado la expresión de pánico en los ojos del chico mientras la vida se le agotaba, pero más que eso le encantaba el hecho de que literalmente podía sentir que la vida se iba, y eso había sido suficiente para que el psicópata disfrutara. Incluso después de que Travis Cole había muerto, March mantuvo su agarre en el cuello del chico, sin soltarlo. Luego procedió a poner el cuerpo de Travis en el pequeño asiento trasero y conducir el automóvil a un terreno abandonado al otro lado de la ciudad, y desde un café cercano llamó a un taxi para llevarlo a su casa.

Pero ahora sabía que habría serios problemas. La mañana estaba muy cerca, y alguien seguramente informaría que el chico había desaparecido, y March sabía sin lugar a dudas que encendería un fuego bajo las espaldas de esos dos entrometidos detectives que había subestimado tan drásticamente.

Miles cerró la ducha y se puso una impecable bata de felpa blanca. Se sentó en el borde de su cama con la cabeza entre las manos, pensando en su próximo movimiento. Él acababa de comenzar su verdadero trabajo, después de todo. La siguiente fase, Smash Hit 2 y todo lo que tenía que hacer, estaba a la vuelta de la esquina. Él no se permitiría, no podría permitirse ser víctima de la ley o la policía. Su trabajo era demasiado importante para todo eso. Además, amaba lo que estaba haciendo.

Entonces, ¿qué iba a hacer? ¿Debería ir y asistir a la reunión del estudio? Él pensó eso. Miró al reloj: las cinco y quince de la mañana. Tan pronto como su secretaria entrara, la llamaría y recibiría sus mensajes; él decidiría su próximo movimiento después de eso. Estaba bastante seguro de que, si los policías habían llegado al pequeño Travis Cole, sin duda habían llegado a ella.

Miles March se recostó en su cama, cerró los ojos y esperó.

∞

El teléfono comenzó a sonar.

Kevin Harmes todavía estaba en su oficina, y el sol acababa de salir; todavía no eran las seis y media de la mañana. Había estado encerrado en su oficina chupando café negro como el alquitrán toda la noche; le dolían las articulaciones y tenía el estómago agrio, pero estaba más que listo para comenzar el día.

Había investigado Miles March, así como a Ruth y Donovan Cannon la mayor parte de la noche mientras esperaba la mañana para poder llamar al director retirado, Webster Morton. No pudo encontrar ninguna historia de March antes de que el chico cumpliera los veinte años, y eso fue un hecho que lo confundió y lo preocupó. No solo eso, sino que no pudo encontrar nada que explicara por qué la propiedad de Cannon fue marcada en las listas de propiedades de March, pero pensaba que tenía una idea de una razón: de alguna forma los dos estaban relacionados. Quizás medio hermanos con el mismo padre, o algo así.

Kevin aprendió bastante sobre el March que el mundo conocía y aparentemente amaba.

Tenía más de veinte películas de terror acreditadas a él, y la mayoría de ellas eran éxitos en algún nivel. Los admiradores lo amaron por su extraña habilidad para poner al espectador en la piel de la víctima a través de la cinemática y el uso exquisito del realismo y la emoción. Smash Hit había sido una de las películas de March más esperadas de todos los tiempos debido al hecho de que había estado en pausa durante dos años antes de la realización de la película. Según March, ese tiempo lo había empleado "descansando y refrescándose".

No estaba casado, ni tenía hijos. No tenía antecedentes penales, y parecía no tener parientes de quienes hablar. Harmes sabía por el aspecto de las cosas que el hombre, en algún momento en el tiempo, se había distanciado de cualquier pariente, y probablemente lo había hecho a propósito.

De repente, el teléfono fue respondido, interrumpiendo los pensamientos de Kevin.

"¿Hola?".

La voz era débil y vieja, y Kevin pensó que podría ser el propio Webster Morton quien respondiera la llamada.

"¿Señor Morton?".

Se produjo una pausa. "Sí. Este es Webster Morton. Si esta es la prensa, le pediría que deje solo a un anciano cansado, por favor".

"Sr. Morton, no soy de la prensa", respondió Kevin. "Soy el detective Kevin Harmes con el LAPD, y actualmente estoy investigando los asesinatos del Carnicero de la Taquilla".

Sin vacilar, el anciano comenzó a reír a carcajadas. Kevin dejó que la risa siguiera su curso, sonriendo ligeramente con diversión mientras escuchaba. Finalmente, el anciano se detuvo, tosió por varios segundos y habló.

"Si crees que he estado a galope tendido y matando, bueno, no podrías estar más equivocado. Soy un viejo enfermo, detective".

La sonrisa de Kevin creció. "No señor. De ningún modo. Le llamo porque esperaba que pudiera responder algunas preguntas sobre una de sus actrices en los años sesenta. ¿Ruth Cannon?".

El teléfono se calló. Kevin podía oír la respiración trabajosa del anciano, así que esperó. Su corazón latía con fuerza, pero no sabía por qué.

"¿Qué quieres saber sobre Ruth?", preguntó Morton.

Kevin se aclaró la garganta. "Señor, estaba investigando una pista sospechosa y encontré su nombre en alguna propiedad. Me preguntaba si podría contarme sobre ella".

"Entonces, sospechas de Donovan, ¿verdad?".

Kevin estaba aturdido. "¿Conoce a Donovan? ¿Dónde puedo encontrarlo, señor? Tengo algunas preguntas sobre su conexión con Miles March".

El hombre comenzó a reírse una vez más, seguido de otro ataque de tos. Kevin estaba confundido; no encontró nada gracioso sobre lo que acababa de decir. ¿Estaba lidiando con un paciente con demencia?".

"Realmente no sabes lo que estás haciendo, ¿verdad?".

Kevin ladeó la cabeza, como tratando de escuchar al hombre con más claridad. "¿Señor?".

"Creo que es mejor que vengas a verme", dijo Morton. ¿Tienes una pluma? Te daré mi dirección. Cuanto antes hablemos, más rápido estarás en el camino correcto".

Kevin agarró una pluma y escribió tan rápido como el hombre habló. En cuestión de minutos estaba agarrando su abrigo y yendo al lote a buscar un auto. Algo dentro de él dijo que estaba en la mejor ventaja hasta ahora.

No podía conducir por la ciudad lo suficientemente rápido.

CAPÍTULO 22

Miles March bajó del ascensor y entró en el área del vestíbulo. Casi esperaba ver a la policía esperándolo, pero las únicas personas allí eran su secretaria y la chica de la limpieza, que estaba ocupada haciendo una gran taza de café para los visitantes de la mañana. Miles se dirigió a la recepción; decidió no llamar primero. Lo mejor que podía hacer en ese momento era continuar con sus asuntos como siempre.

"Buenos días, Melody".

La secretaria lo miró como si estuviera sorprendida de verlo. "Señor. ¡March! Buenos días. No le esperaba tan temprano".

Él le ofreció una débil sonrisa. "¿Algún mensaje que aún no haya recibido?".

"Solo confirmaciones en la reunión de esta mañana", dijo mientras comenzaba a revolver una pequeña pila de hojas rosadas de papel. "Ah, y la policía estaba aquí de nuevo. Por alguna razón, tenían la impresión de que estabas en la ciudad, pero les hice saber que todavía no habías llegado.

"Hmm bueno, estoy seguro de que estarán en contacto si necesitan hablar conmigo", dijo a la ligera. En su interior, pensaba en alcanzar el escritorio de la chica tonta y asfixiarla como lo hizo con Travis Cole. Miró por encima del hombro a la señora de la limpieza, luego apartó el pensamiento de su mente. "Tengo otra reunión al otro lado de la ciudad, y no volveré aquí a tiempo para esta. Vamos a preparar una llamada de conferencia para esta; solo llámame una vez que todos los demás se hayan reunido, ¿está bien? Estaré esperando".

"Claro, señor March", ella comenzó a tomar notas. "Ah, y la policía quería saber si había tenido noticias de Cory Caine. Les dije que no, así que creo que eso es todo lo que querían de todos modos".

March asintió mientras comenzaba a caminar hacia el ascensor. "Sí, si escuchas de ellos hoy, hágales saber que he tenido noticias de él. Me llamó y me dijo que decidió quedarse en San Diego por una semana más. Deberían poder rastrearlo hasta allí, aunque él no me dijo dónde se alojaba". Ahora presionó el botón para descender. "Te hablaré cuando los demás se hayan reunido. Que tengas buen día".

Una vez que March estuvo a salvo dentro del ascensor dejó escapar un largo suspiro, pero de inmediato comenzó a sentir la furia antigua y familiar acumulándose dentro de él. ¿Estaba lidiando con un montón de idiotas, o qué? Para un grupo de personas que se suponía que debían estar en su "equipo", sin duda alguna fueron tan estúpidos como pudieron. No era de extrañar que el Detective Harmes se hubiera dirigido a Travis Cole en el aeropuerto; Melody le había dicho que March no estaba en Los Ángeles en absoluto.

Miles March abrió la boca y comenzó a gritar larga y duramente. No le importó quién lo escuchó; necesitaba dejar salir la furia de alguna manera, antes de que lo destruyera. Justo antes de que el ascensor se detuviera para dejarlo salir, se recompuso, se arregló la chaqueta del traje y sonrió. Él también llegó a tiempo. El ascensor se abrió para un grupo de empleados y actores, a los cuales March conocía demasiado bien.

"Buenos días, Sr. March", parecían decir todos al unísono.

Él asintió brevemente, manteniendo su sonrisa. "Que tengan un día maravilloso, señores".

Pronto estaba en su automóvil, conduciéndose a un hotel al otro lado de la ciudad. Lo conocían allí, y ellos eran el lugar más discreto que conocía. Le alquilarían una habitación con un alias, y él podría encargarse de su reunión y decidir cuál sería su próximo curso de acción, sin la amenaza de ser interrogado, o incluso arrestado por la policía.

Mientras conducía tenía un pensamiento seguro en su mente: iba a tener que deshacerse del detective Kevin Harmes de una manera u otra.

∞

"Ruth Cannon fue el catalizador que me llevó a la fama de la película de terror".

Kevin Harmes estaba sentado en un cómodo sofá floral de dos plazas, con una humeante taza de café sobre la mesita que tenía delante. El director de cine retirado Webster Morton estaba sentado a unos cinco pies de él en una silla de ruedas motorizada, y una afgana que le cubría el regazo. Era frágil, canoso, viejo y muy, muy rico.

"Conocí a Ruthie cuando ella tenía solo dieciséis años", dijo el anciano. "Ella había venido a perseguir a su estrella, y yo me estaba preparando para lanzar mi primer 'grito'. Yo también era muy joven".

Kevin permaneció en silencio. Quería escuchar todo lo que el hombre tenía que decir sobre la actriz y su hijo, Donovan. Pero también tenía la sensación de que Morton podría abrir una puerta en la investigación que Kevin, de otra manera, no hubiera visto.

El anciano hizo una pausa y tosió en un pañuelo, su cuerpo temblaba cada vez que tosía. Después de un momento, luego aclaró su garganta y continuó.

"Había puesto un anuncio en el Times buscando jóvenes talentos. Mi primera película se llamaba Bloody

Good Time, y acababa de recibir todos los fondos; tenía que lanzarla, y tenía que hacerlo rápido". El hombre se detuvo y una sonrisa apareció en su rostro cuando recordó esos momentos. Después de un instante, él regresó a la realidad. "Ruthie vino, hizo la prueba y me dejó loco. Era atractiva, articular y tenía un extraño grito penetrante. No era la mejor actriz, pero ah, ese grito".

"Le di el liderazgo femenino y, no es necesario decirlo, eso me llevó a darle otros papeles luego", dijo. "Sí, ella estaba encasillada debido al género cinematográfico en el que estaba, pero eso no fue un problema para ella". Ella estaba feliz de estar trabajando. Luego, a fines de 1967, repentinamente se escabulló".

Kevin se inclinó hacia adelante. "¿Qué quieres decir con 'se escabulló?' ".

Morton se encogió de hombros y frunció el ceño un poco. "Tenía una nueva película en la que íbamos a comenzar a trabajar, y había planeado que ella estuviera en ella, como de costumbre. Fuimos casi tan famosos por trabajar juntos como por el trabajo en sí. La llamé, dejé mensajes, incluso intenté pasar por la casa de West Adams, pero fue en vano. Finalmente, temiendo por su vida después de un mes completo, contraté a un detective privado para rastrearla. Ella estaba en casa todo el tiempo, escondida. Le escribí una carta, y ella me respondió, accediendo a verme, pero solo a mí, y a mí solo".

El hombre se detuvo. Sus ojos parecían empañarse, y comenzó a mirar por la gran ventana que tenía al lado, que daba a un jardín muy bien cuidado. Kevin esperó a que continuara, pero después de un largo momento pareció que el viejo no lo haría.

"¿Qué pasó, Sr. Morton?". Kevin finalmente preguntó.

Morton inspiró profundamente, se secó los ojos con el pañuelo y continuó. "Cuando llegué a su casa, pronto descubrí que no hablaríamos. Al menos, no de su parte. Ella tuvo que escribir para comunicarse conmigo porque le habían cortado la lengua".

Kevin no pudo hacer nada más que mirar. La revelación que el anciano acababa de darle era lo último que esperaba, pero su corazón había comenzado a revolotear otra vez porque a la última víctima, al anciano y ex convicto violador Myron Dennis, también se le había cortado la lengua. Tenía que haber una conexión.

"Continúe, señor".

Morton tomó otro aliento. "No solo eso, ella quedó embarazada. Ruthie había sido violada mientras paseaba una noche; el hombre le había cortado la lengua y le había dicho que era para evitar que hablara. Yo le comenté que podíamos hacerle un aborto, que pagaría por él y lo arreglaría, pero ella insistió en que tendría al chico. Ese chico era su hijo, Donovan".

"¿Dónde está Donovan ahora, señor Morton?", preguntó Kevin.

Morton se rió entre dientes. "Antes de llegar a eso, debería contarte sobre su vida con Ruthie. Mira, debes entender que yo estaba enamorado de la chica. Ella no abortaría, así que pagué su casa y me preocupé de que fuera atendida financieramente. Pensé que quería tener al bebé para que la violación no fuera en vano, pero no podría haber estado más equivocado.

"Ella quería tener ese hijo para vengarse de su padre, y eso fue lo que hizo". Morton negó con la cabeza y las lágrimas comenzaron a formarse una vez más. "Ella abusó de él terriblemente, desde el momento en que nació, pero solo lo suficiente como para infligir dolor; ella quería que él viviera y sufriera más. Ella lo quemó, lo golpeó y quién sabe qué más cosas le hizo".

Se limpió los ojos. "Traté de intervenir, traté de convencerla de que me dejara llevar al chico, pero ella se negó. De todos modos, él vivió con ella siempre, soportando el dolor que le infligía, incluso durante su época en la universidad. Ruthie murió durante el fin de semana de su vigésimo quinto cumpleaños. Donovan desapareció después de eso".

El corazón de Kevin se ahogó un poco. "¿Tiene alguna idea de por qué la propiedad West Adams tiene una bandera en la lista de propiedades de Miles March con la ciudad?".

Morton levantó la cabeza y rápidamente sonrió al detective. "Por supuesto. Miles March es Donovan Cannon. Pensé que seguramente habías descubierto eso".

La cabeza de Kevin nadó, pero trató de ignorarla. "¿Cómo lo sabe, señor?".

"Cuando Ruthie murió, la policía primero pensó que fue un accidente", respondió. "Ella se había estado bañando, se había desmayado en la bañera y se había ahogado. Ella era una bebedora excesiva, y le gustaban sus pastillas, así que no fue una sorpresa. Pero luego el médico forense encontró los moretones alrededor de su cuello. Antes de que la policía pudiera interrogar a Donny, desapareció sin dejar rastro.

"Al principio pensé que podría haberse suicidado. Entiende, no podría culpar a Donny por matar a Ruthie; ella era una mujer horrible, horrible para él. Solo deseé que hubiera venido a mí. Pasaron los años, las cosas se olvidaron, y luego un nuevo director vino a mí para pedirme que invirtiera en su primera película de terror. Nunca había visto su rostro, pero conocía su voz: era Donny".

"¿Te enfrentaste a él?".

Morton comenzó a mover la silla, como un hombre que podría caminar. "¡Por supuesto que sí, de inmediato! Lo admitió de inmediato. Me dijo que usó el dinero de su fideicomiso, que había retirado inmediatamente después de su muerte, para someterse a una cirugía y cambiar su apariencia. Cambió su nombre y fue a la escuela de cine y la completó en la ciudad de Nueva York. Ahora, aquí está, y por lo que puedo ver, Donny ha sido un joven muy malo, detective Harmes.

Kevin se levantó y se acercó al hombre, que ahora estaba parado y mirándolo fijamente. "¿Ha sabido que el asesino fue March todo el tiempo que las matanzas del Carnicero de la Taquilla estaban ocurriendo?".

Morton se encogió de hombros. "Tenía mis sospechas, pero cuándo la última víctima, el tipo en San Diego murió y su lengua fue cortada... Entonces lo supe con certeza. Donny había encontrado al violador de su madre, la causa de su horrible vida. Donny ha estado planeando todo esto por un tiempo muy largo, y posiblemente desde la infancia. En su mente, matar a su madre era como sacarla de su miseria".

Kevin estaba sorprendido. No podía creer todo lo que acababa de aprender, y la sobrecarga de información casi hizo que su cabeza girara. Lentamente regresó al sofá y se sentó.

"¿Estás bien, detective? ¿Puedo traerle algo?".

Kevin negó con la cabeza. Con voz aturdida, dijo: "¿Sabías que March está planeando una segunda película de Smash Hit?".

La cara de Morton se volvió pétrea, y él negó con la cabeza. "No, no lo sabía. Pero si eso es cierto y lo es, tienes un gran problema en tus manos".

"Sí", respondió Kevin asintiendo. "Ya no se trata de venganza. Ahora solo le tomó gusto".

CAPÍTULO 23

Harmes y Joe Carter corrieron a propósito a lo largo de la autopista en silencio. Entre ellos se encontraban hojas de papel con una lista de todas las propiedades de Miles March; los dos hombres iban a encontrarlo y hacerle una visita. Hasta el momento, Kevin había llamado a cada número que tenía del hombre y le caían los contestadores automáticos o le habían dicho que estaba fuera, así que era hora de hablar con él cara a cara.

Visitarían las dos casas de Los Ángeles. Harmes ya se había comunicado con la pista de aterrizaje y se le dijo que, por primera vez en la historia, los tres aviones de March se habían ido: uno a Minnesota para un evento deportivo esa noche y el otro a Bakersfield por negocios. En cuanto al destino del tercer avión, el contacto en el aeropuerto parecía confundido por el registro, y Kevin no pudo obtener más información por teléfono. El contacto prometió llamarlo nuevamente tan pronto como fuese aclarado; lo único que le diría a Kevin era que el avión se había ido, pero no había registro de despegue.

Los policías estaban al acecho de cualquiera de los vehículos registrados con su nombre, pero Kevin no esperaba mucho de eso. Si March tenía tanta astucia, habría pensado lo suficiente como para alquilar un auto. Kevin sabía que, con dinero, March podía hacer cosas para eludir la ley que uno ni siquiera podía imaginar.

Pero algo dentro de Kevin le dijo que el hombre estaba allí. Las cosas parecían estar ganando velocidad, y el latido de su corazón se lo demostraba. Si las cosas realmente llegaran a un punto crítico, Miles March y su egolatría ciertamente no querrían perderse nada.

"Primero echaremos un vistazo a su penthouse". El comentario de Kevin rompió el silencio y sacó a Carter de sus pensamientos profundos.

"¿Qué crees que hace que estos locos piensen de la manera en que lo hacen, Kevin?", preguntó Carter. "Son un dolor de cabeza estos tipos así".

Harmes pensó en ello por una fracción de segundo. "No tienen alma, y un alma es algo que ni con todo el dinero del mundo se puede comprar".

Se quedaron en silencio una vez más hasta que llegaron al rascacielos que parecía ser la elección principal de residencia de March. Los hombres observaron desde el coche y se acercaron sin distintivos al portero que portaba un uniforme borgoña y dorado. Kevin se aseguró de sonreír al chico cuando se acercaban.

"Estamos aquí para ver a Miles March, por favor", declaró de forma cortés Carter.

El portero sonrió agradablemente. "El señor March no está aquí ahora, e incluso si estuviera, necesitarían pedir una cita".

Era hora de que los hombres exhibieran sus insignias, y el portero, cuya etiqueta decía simplemente 'Daniel', se puso serio inmediatamente.

"Los empleados de Desarrollos Residenciales de Ginebra están obligados por contrato a no discutir con nadie sobre ninguna de las empresas privadas o las vidas de los residentes, ni de los que hayan comprado, ni de los que estén alquilados". El hombre obviamente tenía la declaración memorizada; era probable que fuera parte de algún tipo de programa de entrenamiento de portero de gama alta, pensó Kevin.

Él chasqueó la lengua. "Escucha, 'Daniel'. Necesitamos hablar con el Sr. March sobre los asesinatos de las películas. Ya sabes, el caso del Carnicero de la Taquilla. Solo necesitamos saber si se ha estado quedando aquí, porque parece que no lo podemos encontrar por teléfono. Necesitamos actualizarlo sobre el caso".

Carter habló. "Si no reside aquí en este momento, simplemente revisaremos su casa en Beverly Hills; no hay problema".

Los ojos de Daniel se iluminaron. "¿Han arrestado a un sospechoso? ¡El Sr. March ciertamente estará contento con eso!"

"No estamos en libertad de discutirlo, Daniel". Kevin estaba mirando todo desde la entrada principal del edificio hasta el estacionamiento lateral para invitados mientras hablaba. "Solo necesitamos saber dónde conseguirlo".

Los ojos de Daniel se movieron de izquierda a derecha, luego de vuelta a los dos hombres. "Él estaba aquí, pero salió esta mañana, y no creo que vuelva esta noche. Si realmente quieren encontrarlo, el estudio sería el lugar adecuado, pero no estoy del todo seguro".

Se miraron el uno al otro, murmuraron las gracias al portero, y se alejaron. "Intentaré marcarle a su celular de nuevo. Vámonos al estudio; podemos pasar por Beverly Hills después de eso".

Con su mano libre, Kevin le arrojó las llaves a Carter, y escuchó el correo de voz de March por décima vez ese día. No dejó ningún mensaje; el tipo no lo llamaría de todos modos, y él lo sabía.

Miles March era el Carnicero de la Taquilla.

Las cortinas de la habitación del hotel eran bastante gruesas y pesadas, y Miles lo apreciaba mucho cada vez que le atacaba un dolor de cabeza cuando se quedaba fuera de casa. La habitación estaba en completa oscuridad y en un silencio pesado. Casi había vomitado tratando de colgar el teléfono de la llamada de conferencia con los inversores de Smash Hit 2, pero se las arregló para decir todas las cosas correctas, y les dijo que iba a irse de vacaciones antes del casting.

Tomó una de sus pastillas para el dolor de cabeza y cerró las cortinas. Quince minutos después, el agudo dolor punzante en su cráneo comenzaba a disminuir, solo un poco. Pudo ver la luz al final del túnel.

Miles mantuvo los ojos cerrados y dejó que su mente divagara a la situación en cuestión. Las cosas eran sombrías, él no lo negaba. Pero estaba a salvo justo donde estaba. Estarían corriendo por todos lados, tratando de encontrarlo. El policía había llamado tres veces al teléfono, pero ahora Miles tenía el celular apagado, y las llamadas del detective Harmes era lo que menos le importaba. Lo que necesitaba ahora era descansar, deshacerse de su dolor de cabeza y luego despertarse renovado para poder pensar con claridad.

Entonces, Miles March se dejó llevar, con su mente en blanco y el latido de su corazón normal. No le importaban sus víctimas, y no le importaba el futuro. Pero sí tenía confianza en su propia capacidad para continuar su trabajo sin verse obstaculizado por policías obscenos en una misión.

Durmió como un bebé.

CAPÍTULO 24

A medio camino entre el viaje en automóvil desde el ático de March hasta Milestones Pictures Studios, el teléfono celular de Kevin Harmes comenzó a sonar. Había estado pensando que quizás a March no le habían llegado a sus mensajes. Tal vez él devolvería la llamada. Tal vez su ego lo hizo creer que estaba por encima de la ley, que era más inteligente, y nunca sería atrapado.

Miró la pantalla de su celular para ver un número del recinto: su capitán, para ser exactos.

"Harmes, el cuerpo de un joven fue descubierto en una calle sin salida al amanecer. Algunos de los detectives verificaron su identificación y se notificó a su familia, pero cuando acudieron a su trabajo para plantear algunas preguntas, algunos de sus compañeros de trabajo mencionaron que usted lo había visitado. Preguntándose si este homicidio está conectado a su caso de alguna manera".

"¿Cuál era el nombre de la víctima?", preguntó Kevin.

El capitán se aclaró la garganta. "Un tal Travis Cole, de veintiséis años. Un encargado de registro digital en las franjas privadas en LAX. ¿Has entrevistado a este chico?".

Harmes cerró los ojos. Se alegró en ese momento de haberle arrojado las llaves del automóvil a Carter. "Sí, sí. Acabamos de interrogarlo sobre el avión privado de March. Nos aclaró que March tiene tres aviones y nos dio los artículos del registro. Dios mío. Esto lo sella".

"Supongo que estás tras March", asumió el capitán. "Entonces, ¿esto se debe al Carnicero de la Taquilla?".

"Él es nuestro hombre". El estómago de Kevin se sintió mal por la muerte del chico, pero también sabía que esto delató a March. "¿Cómo fue asesinado el chico?".

"Estrangulación manual. ¿A dónde te diriges ahora? El capitán estaba al pendiente de todo. Quería atrapar a ese enfermo tanto como Kevin y Joe.

Kevin se pasó el dorso de la mano por los ojos e inhaló profundamente. "Bueno, no podemos contactar a March por ningún número de teléfono que tenemos de él. Carter y yo hemos visitado su condominio y el portero dijo que había salido esta mañana. Nos dijo que fuésemos al estudio, que es hacia donde nos dirigimos ahora. Ah, por cierto: gracias por sacar ese boletín de todos los puntos. Este tipo me enferma. Tenemos que encontrarlo".

"Encuéntralo y tráelo".

El teléfono se cortó en la mano de Kevin. Se giró para mirar a Carter, la incredulidad llenaba su mente. A este hombre March, se le estaba escapando la situación de las manos.

"Encontraron a Travis Cole en su automóvil, estrangulado", dijo bruscamente.

Carter lo miró y luego volvió a mirar al camino y apretó el acelerador. "Tenemos que detener a este tipo. Parece que ha perdido todo el control; parece que ha entrado en pánico".

"Estamos de acuerdo".

Kevin puso una luz intermitente en el tablero y aceleró aún más; llegarían al estudio en menos de diez minutos.

∞

"Lo siento, detectives, pero como les dije por teléfono, el señor March se fue esta mañana, y no volverá en dos semanas".

La señorita Melody, la secretaria, tenía una actitud extraña, y ni Kevin ni Joe tenían tiempo para eso.

"Pensé que habías dicho que tenía una reunión esta mañana para la secuela de Smash Hit", le dijo Carter.

Melody apartó sus ojos de la pantalla de su computadora lo suficiente como para poner su nariz en el aire hacia los hombres. "Vino tan pronto como llegué aquí esta mañana y me hizo saber que tendría su reunión a través de una conferencia telefónica. Cuando la reunión se convocó, simplemente lo llamé y salí de la habitación".

"¿Dónde estaba él, lo sabes?", Kevin preguntó.

La joven rió y volvió su atención a su computadora. "Yo no; él no me dice cada movimiento de lo que hace. Y además, incluso si lo hiciera, no les transmitiría la información; él firma mis cheques de pago, y creo que ya hemos hablado suficiente".

El brazo de Kevin salió disparado hacia la izquierda y movió la perilla de la puerta de la oficina de Miles March, pero estaba cerrada con llave. Melody saltó, nerviosa y enojada. Corrió alrededor del escritorio y se interpuso entre los detectives y la puerta.

"Creo que deberían irse ahora", exigió la chica. "Esto es propiedad privada, y llamaré a seguridad".

Kevin levantó una mano asqueada. "No te molestes".

Mientras esperaban el ascensor, Carter dijo: "¿Y si se esconde en la oficina, Harmes? ¿Conseguiremos una orden?".

"No está aquí. Sabe que estamos tras él", respondió Kevin pensativo. "En este momento vamos a revisar su casa en Beverly Hills".

CAPÍTULO 25

Los ojos de Miles March se abrieron repentinamente, pero lo único que pudieron ver fue la negrura.

La habitación estaba en silencio, y lo primero que entró en su mente todavía adormitada fue '¿Dónde diablos estoy?'. Él acababa de soñar que estaba en una celda, y que iría a prisión, donde sería ejecutado. Los sentimientos que sentía en el sueño seguían siendo reales para él, y eran miserablemente fuertes.

"¿Qué...?".

Se sentó erguido, con la espalda recta y rígida. Trató de escuchar cualquier sonido, y cuando se peló las orejas, lo recordó. Estaba en el Duchess Arms Hotel en el último piso. Estaba a salvo.

Arrojó sus piernas sobre el costado de la cama, encendió la lámpara y luego se fue corriendo al baño. Mientras usaba el baño bostezó y recordó su dolor de cabeza; no era más que un recuerdo ahora. Sonrió aliviado.

Es hora de encender el teléfono. Mientras esperaba que arrancara, también encendió la televisión, justo a un canal de noticias que mostraba una vista en helicóptero del automóvil de Travis Cole y los vehículos policiales y la cinta de la escena del crimen que los rodeaban. Era real, y estaba sucediendo ahora. Pero ya no sentía ni un gramo de miedo, solo determinación.

Observó las noticias, embelesado. ¿Cómo podía haber pensado alguna vez que sacar al chico Cole era una mala elección? Esto era como un trailer de una nueva película, un adelanto para las audiencias, un gusto para las masas.

Se aseguraría de agregarlo al guión de Smash Hit 2. Tal vez el primer asesinato, el prólogo de la película, haría que el asesino hiciera autoestop, y...

Su teléfono sonó. Miró hacia abajo para ver que tenía algunos mensajes de voz y un par de textos, uno de Melody, su secretaria. Es hora de comenzar a jugar.

La policía estuvo aquí de nuevo. Dijeron que te están buscando. Hicieron muchas preguntas, pero no dije nada. Llama lo antes posible.

El otro texto era de Kevin Harmes.

Dejó mensajes de voz. Necesito hacerle algunas preguntas con respecto a su último vuelo. Por favor llámeme.

Luego, miró su registro de llamadas perdidas. Uno de Melody en Milestone y nueve del número de la policía.

Ahora lo reconocía; había hablado lo suficiente con el chico.

Miles marcó el número directo en el escritorio de Melody.

"Gracias por llamar a Milestone Pictures, la oficina del Sr. March. ¿Cómo puedo ayudarle?".

Ella sonaba suave como la seda. Obviamente, la chica se había emocionado. "Melody, es el Sr. March. Dime, ¿de qué se trata todo el drama?".

"¡Ah, Sr. March!", Ella sonaba aliviada. "Los detectives estaban aquí para preguntar si usted o yo habíamos tenido noticias de Cory, y querían saber si todavía estaba en Los Ángeles, pero les dije que no podía divulgar información de la oficina. Ese policía intentó abrir su oficina, pero estaba cerrada, gracias a Dios".

Sí, estaban tras él ahora. Esto podría ser muy divertido. Esta podría ser la fiesta más grande de todos los tiempos.

"Sí. He hablado con Cory, vamos a tener una reunión sobre la secuela". La mentira rodó fácilmente fuera de su lengua. "Las autoridades todavía quieren que saque la película, y quieren que suspenda la producción de la segunda parte hasta que atrapen al asesino".

Ella parecía más calmada. "Ahora, Melody, me voy. A partir de este segundo, considérame ido. Voy por mi pequeña cita de preproducción, y espero no escuchar ni una palabra tuya ni la de nadie más, ¿está claro?".

Pronto ella aceptó y colgó la llamada para poder continuar con sus negocios como siempre. Se sentó en silencio por un momento. Era importante que él tomara las cosas un solo paso a la vez, y que él tomara cada paso con cuidado.

Luego, marcó el número de la estación del portero en su rascacielos.

"Corporate Palms by Geneva Residential, ¿cómo puedo ayudarlo hoy?".

La voz en la otra línea era la de un hombre joven, y los porteros más nuevos y más jóvenes actuaban más como botones para los residentes. Sabía que el chico del teléfono no sabría si la policía le había hecho una visita a su penthouse. Tendría que hablar con uno de los veteranos.

"¿A quién estoy hablando, por favor?", preguntó March.

"Este es Dustin Wyeth".

March sonrió ante la inocente voz del chico. "Gracias, Dustin. Este es Miles March, y yo soy el dueño del penthouse".

"¡Sí, señor March!".

"Dime, Dustin", continuó March. "¿Has estado encargado de la entrada principal en cualquier momento hoy?".

"¡Un momento!". El joven hizo una pausa, pero rápidamente regresó. "Ese sería Daniel; él está hasta las seis de la tarde".

¡Perfecto! Daniel y March habían formado una especie de amistad desde que había comprado el penthouse. Él haría saber a Miles si cualquier cosa, sin importar cuán insignificante fuera, estuviera fuera de lugar.

"¿Podrías poner a Daniel al teléfono por mí?", preguntó. "Estoy esperando una entrega, y necesito que se encargue de eso".

"No hay problema, señor", respondió Dustin ansiosamente. "Por favor, manténgase a la espera".

March comenzó a silbar junto con la música que se escuchaba en el teléfono tan pronto como se activaba. Parecía que toda la preocupación lo había dejado, y debería haberlo hecho. Tenía un plan, y era invencible. Mientras se tomara las cosas con calma y con gran sincronización y precaución, sería capaz de crear su segunda obra maestra: Parte 2.

Él estaba feliz y emocionado, si no un poco maníaco.

"Este es Daniel, Sr. March. ¿Cómo puedo ayudarte hoy?".

March inmediatamente activó el encanto. "Hola Daniel. Espero que todo esté bien. Escucha, debería habértelo dicho cuando me fui, pero estoy esperando un par de visitantes; se supone que me están trayendo un paquete que es muy importante. ¿Alguien ha pasado por mí?".

"¡Pues, sí, señor! Aparecieron dos detectives con noticias sobre el sospechoso de esos homicidios, pero ninguno de ellos dijo nada sobre un paquete. Nadie más ha estado aquí". El portero se calló para darle a March la oportunidad de responder.

"Bueno, entonces, todavía no lo han recibido", farfulló March. "Qué molesto, lo necesitaba para mañana. Oh, bueno. Y en cuanto a la policía, ¿conseguiste sus nombres? Los llamaré de inmediato".

Daniel lo detuvo y regresó en breve con la información, que March en realidad no necesitaba. Es importante tomar en cuenta incluso las cosas más pequeñas y aparentemente insignificantes. Hizo sonidos en el teléfono como si estuviera anotando el número, pero ya lo tenía. Él no estaba mintiendo; llamaría al Detective Harmes muy pronto.

Cuando terminó la llamada, Miles miró su teléfono durante un rato, interpretando y repitiendo los siguientes pasos de su plan una y otra vez en su mente. Era importante hacerlo bien. Era importante que todos los jugadores obtuvieran sus pistas y sus partes hasta el punto de salida.

Esperó otra media hora antes de llamar a Kevin Harmes, que contestó justo después del primer timbre.

"Miles, este es el Detective Harmes. Gracias por devolverme mi llamada".

March sonrió. ¿Qué puedo hacer por ti? Hubiera llamado antes, pero soy un hombre muy ocupado, ¿sabes?".

"¿Dónde estás?, preguntó Kevin.

Miles se rió de buena gana. "¿Dónde estás tú, detective?".

"Acabamos de llegar a su propiedad de Beverly Hills cuando llamó".

Más risas. "Entonces, básicamente has hecho las rondas ¿eh?".

"Excepto por sus otras casas", dijo Kevin. "La policía en esas ciudades está revisando mientras hablamos".

Miles pensó por un breve instante en lo inteligente que había sido para que uno de sus pilotos privados despegara en su tercer jet. Le había costado una cantidad atroz de dinero shush, pero ya estaba hecho. El avión estaba sentado en su propia pista de aterrizaje privada, oculto a la vista y esperando pacientemente a que llegara.

"No me preocupan mis otros hogares", dijo Miles sarcásticamente. "Estoy de vacaciones, ya ves".

La mente de Kevin estaba dando vueltas. "Entrégate, March. ¡Se acabó! Lo sé, y tú lo sabes. ¿No crees que has hecho lo suficiente para compensar el dolor que sufriste en tu vida? ¿No crees que has obtenido toda la venganza que podrías obtener?".

Los ojos de March se entrecerraron, y su voz adquirió un aire de sospecha. "¿De qué estás hablando?".

"Vamos, hombre", Kevin salió disparado. "La película, los asesinatos idénticos. Todo se trataba de tu madre y su violador, y del abuso que sufriste en su mano, ¿verdad, Donny?".

March desconectó la llamada. Su corazón latía con fuerza, y ahora había comenzado a sudar. ¿Cómo pudo este pésimo detective rastrear su historia? El idiota había estado ocupado de todos modos. Ahora estaba enojado. Parecía que iba a tener que modificar ligeramente el final de esta película.

Miles March marcó el teléfono de Kevin otra vez.

"Sabía que llamarías, March", saludó Harmes.

March hizo una pausa. "¿Qué quieres de mí?".

"Quiero que se entregue, señor March", respondió amablemente. "Quiero que asuma la responsabilidad de las vidas que ha tomado. Y quiero que le diga al mundo por qué".

Miles se levantó y comenzó a caminar alrededor de la habitación del hotel con poca luz. Le tomó unos minutos para alterar y perfeccionar su plan. Una vez que lo tenía todo alineado en la cabeza, habló.

"Encuéntrame mañana a las nueve de la noche", dijo en voz baja y enojada. "Tú solo. Si veo a alguien más, me escabulliré y nunca me encontrarás. Necesito sacar algunas cosas de mi pecho antes de que me arresten".

"Usted sabe que yo no puedo...".

"¡No! March escupió "No, detective. Se encontrará conmigo, y lo hará solo, o le prometo que desapareceré y nunca me encontrará. También puedo prometerle que nunca detendré lo que he comenzado hasta que haya terminado".

Kevin pensó por un segundo. "Bien ¿Cuál es la dirección?".

Miles March sonrió mientras recitaba el número y la calle. Repitió sus instrucciones para el policía dos veces, asegurándole que actuaría si Harmes no cumplía. Se encontrarían la noche siguiente a las nueve en su vieja casa, la casa que él había compartido con su violenta madre.

Bueno; eso le daría suficiente tiempo para preparar el avión y tener todo listo.

∞

Kevin Harmes dejó que su mano, con su teléfono celular, cayera sobre su regazo. Simplemente lo miró por unos segundos, pensando e intentando calmar su corazón. Finalmente, Joe Carter lo devolvió a la realidad.

"Entonces, ¿cuál es el plan?", preguntó Joe.

Kevin se volvió hacia él. "Me reuniré con él mañana a las nueve de la noche. Necesitamos hacer planes para aprehenderlo, pero tenemos que tener cuidado. Él lo quiere a su manera, y así es como lo conseguirá".

Carter puso en marcha el automóvil y comenzó a alejarse de la puerta de hierro de la casa de Beverly Hills. "Lo que sea que digas, jefe. Estoy con usted y su plan".

Los dos detectives regresaron al recinto en silencio.

CAPÍTULO 26

A las nueve en punto se acercaba rápidamente, y Miles March estaba fuera de sí con entusiasmo.

Estaba arriba, en la casa en la que lo había criado su madre. Había una ventana en el ático que daba al patio delantero y un largo camino. Una puerta de hierro bloqueaba la entrada al camino, pero se aseguró de que la puerta estuviera abierta para su pequeño amigo, como había venido a referirse a Kevin Harmes en su cabeza. Cuando Kevin llegara, March podría ver, literalmente por cuadras, si había traído o no a otros policías. Si lo hubiera hecho, March habría desaparecido mucho antes de que Harmes incluso cruzara el umbral de la puerta.

Se recostó contra la pared y miró su reloj: las siete y media. Se sentaría exactamente donde estaba hasta que llegara el momento, por si acaso Harmes decidiera llegar un poco antes. No había forma de que pudieran atraparlo; sabía más acerca de salir de esta casa sin ser visto que la mayoría de la gente sabía sobre su propia marca de ropa interior. Él estaba en la cima de su juego.

Echó un vistazo al ático; el espacio todavía estaba lleno de objetos polvorientos y enmohecidos que habían estado aquí desde que podía recordar, así como de las cosas que había guardado allí a lo largo de los años. La mayoría de estos le recordaba a su madre o venía directamente de ella; no había sido capaz de soportar ver todas esas cosas durante años, pero no podía soportar separarse de nada de eso. Por lo tanto, lo mantuvo a salvo aquí, en esta enorme mazmorra de casa, que le había servido de pseudo prisión durante gran parte de su vida.

El sol todavía brillaba un poco, y ahora sus rayos de la tarde entraban por una ventana circular a través de la habitación. Golpean una caja metida en una esquina y marcada con la palabra: 'Donny', en marcador negro. La escritura era de Ruth Cannon, y solo mirarla lo hizo querer vomitar.

March se arrastró por el piso sucio sobre manos y rodillas. Cuando llegó a la caja, simplemente la miró; la había notado muchas veces a lo largo de los años de su vida, pero nunca la había abierto, nunca había intentado ver lo que había dentro. Algo en su alma siempre impedía que tocara cosas que eran de su madre, o incluso que llevaran su escritura. Incluso después de que ella muriera, el abuso que había sufrido en sus manos había logrado controlarlo hasta el día de hoy en muchos sentidos.

Pero ahora sintió la vieja ira hirviendo dentro de él. ¿Había dejado que esa mujer lo controlara en esta medida? ¿Realmente nunca había abierto esta caja porque todavía le tenía miedo? ¿Qué temía que sucediera? ¿Volvería ella de entre los muertos y lo heriría? ¡Por dios!

March se acercó y agarró el contenedor de cartón cubierto de polvo. Lo tiró hasta que estuvo justo frente a él, y miró sus propias huellas dactilares, que habían manchado la densa suciedad que se había acumulado en la parte superior. La caja estaba cerrada con cinta adhesiva, y su nombre, "Donny", estaba escrito en el frente, intacto. De repente, tenía que saber, necesitaba saber, qué había dentro.

March buscó dentro de su chaqueta y sacó su flamante cuchillo de filete. Con los dientes gemelos en la punta de la hoja, comenzó a cortar la cinta que aseguraba la caja. Trabajó lentamente, deleitándose en la tarea como si fuera la carne de su madre, y él estaba llegando a ser el que cortaría después de todos estos años.

La cinta sobre las solapas superiores cedió, y March comenzó a cortar en las esquinas, rompiendo el sello que era hecho por la cinta alrededor de los bordes de la caja. Cuando el sello se rompió por completo, las solapas de la caja cedieron, apareciendo ligeramente para indicar que ya estaba abierto.

March dejó caer el cuchillo de filete al suelo, donde quedó olvidado por el momento. Miró la caja con un corazón débil. El chico abusado que vivía dentro de él temblaba de miedo ante la idea de abrir la caja; su madre siempre le hacía saber que tocar sus pertenencias resultaría en un terrible castigo. Pero ella no estaba aquí; él podría hacer lo que le plazca si pudiera armarse de valor.

Cerró los ojos como un chico y se agarró a una de las aletas, abriéndola. Con eso hecho, pareció que su valor regresó. March abrió los ojos y abrió rápidamente las tres aletas restantes.

Los álbumes de fotos llenaron la caja para rebosar. La Y estaban cuidadosamente apiladas, una encima de la otra, hasta que estuvieron al ras con la parte superior de la caja. El primer álbum que vio fue grabado con el año en que murió su madre; el que está al lado, el año anterior. Lentamente comenzó a eliminar los álbumes de a uno por vez; cada uno tenía un año escrito en él, y estaban apilados en orden. Continuó revisándolos, y el último que sacó de la caja fue el año en que nació. ¿Acaso Ruth Cannon había estado acumulando recuerdos de él? ¿Fotos de un chico que nunca amó?

Decidió comenzar por el principio, que era el álbum del año en que él nació.

March pasó su mano amorosamente sobre su cubierta. Por primera vez en su vida, sintió esperanza, o al menos lo que pensó que era esperanza. Era una emoción extraña, pero no podía etiquetarla de otra manera. Tal vez todos los abusos a lo largo de los años realmente se debieron a algún tipo de afecto, y él simplemente había malinterpretado sus motivos. Tal vez ella realmente había estado haciendo lo mejor que podía desde el principio...

Abrió la tapa.

La primera foto estaba sola debajo de la funda de plástico que la sostenía hacia abajo. Era una imagen de él cuando era un bebé; estaba en una cama pequeña, rodeado de otros como él. Era obvio para March que estaba en una unidad de guardería del hospital cuando se tomó la foto. La vista lo hizo sonreír levemente, y eso hizo que su corazón se revolviera.

Pero cuando Miles March pasó la página, la verdad lo golpeó como un camión golpeando una pared de ladrillos a toda velocidad.

La página siguiente lo mostraba de la misma edad, pero esta vez estaba en casa. Estaba en una cuna, pero reconoció una silla roja sentada a la derecha de la cuna. Esa silla todavía estaba en el dormitorio que había sido de su madre.

Estaba desnudo encima de una manta azul. La foto era vieja, y los colores estaban un poco apagados debido a la tecnología deficiente de la época, pero aún podía identificarlos. Su pequeño cuerpo de bebé ardilla estaba desnudo, y estaba mirando algo invisible. Dos largos, rojos, enojados cortes corrían por sus piernas, una en cada muslo.

Debajo de la foto, una fecha estaba escrita con la letra de Ruth Cannon: tenía dos días de vida.

La página opuesta tenía otra foto individual. La fecha debajo de esta fue tres días después. Estaba boca abajo y una gran 'X' cortada en la carne suave de su bebé. Las lágrimas comenzaron a brotar en los ojos de Miles March, y la ira comenzó a llenar su alma. Esa mujer había comenzado a torturarlo casi en el momento en que nació.

Tenía los ojos y la boca abierta mientras hojeaba las páginas, lentamente al principio, luego más y más rápido. Para el momento en que terminó con el primero, se quedó estupefacto y enfurecido. Arrojó el libro a un rincón polvoriento y agarró el segundo, que terminó en menos de un minuto. Pronto estaba pasando las páginas furiosamente y tirando los álbumes casi más rápido de lo que podía poner sus manos en el siguiente.

Ya había terminado cuando las lágrimas comenzaron a caer silenciosamente por su rostro enojado y confundido. La mujer no solo había abusado de él durante toda su vida, sino que había documentado todos y cada uno de los incidentes para su propio placer. A medida que envejecía en las fotos se hizo evidente que estaba durmiendo cuando fueron tomadas. Ella lo había cortado y luego tomado fotos cuando él se había quedado dormido, y ella había hecho esto hasta que el abuso se detuvo y ella había muerto.

Cuando terminó con el último álbum, Miles March echó la cabeza hacia atrás y gritó con todas sus fuerzas. Se puso de pie y pateó la caja vacía en la que estaban los álbumes; voló a través de la habitación y hacia la pared más alejada, produciendo una nube de polvo al impactar. Estaba ciego de furia, pateando todo a la vista, golpeando cualquier cosa y todo lo que estaba a nivel del puño.

"¡Perra podrida!", gritó. "¡Tú nunca me amaste! ¡Me odiaste!".

Empezó a rasgar y desgarrar otras cajas, arrojándolas al suelo. Le dio un puñetazo al maniquí de una modista y lo envió volando. La ropa y las pelucas estaban por todo el piso cuando se quedó sin aliento, y tuvo que detenerse y agacharse para recuperar su ingenio una vez más.

March comenzó a llorar en serio entonces. Toda la fuerza abandonó sus piernas y se sentó en el suelo sucio, donde sollozó durante diez minutos. Finalmente, se pasó la manga de la chaqueta por la cara para secarse los ojos, y luego miró su reloj: quince minutos para las nueve.

Kevin Harmes llegaría pronto.

March usó sus manos para deslizarse por el suelo polvoriento y volver a su posición original junto a la ventana. No tuvo tiempo de llorar por Ruth. Tenía que prestar mucha atención a lo que estaba sucediendo ahora. Era importante mantenerse a salvo de cualquier policía adicional que Harmes pudiera tratar de traer con él, y March estaba convencido de que el policía, de hecho, estaría en compañía de sus compañeros de trabajo. Sería una locura para él no traerlos. Miles March pretendía divertirse un poco con el detective.

Iba a mostrarle al hombre exactamente cómo fue para Donovan Cannon crecer con Ruth.

∞

Después de recibir la llamada de March solicitando a Harmes que se reuniera con él en la vieja casa abandonada de Ruth Cannon, Kevin se sentó con Joe Carter y su capitán en la oficina del capitán. Había que hacer planes para reunirse con el loco, y el capitán quería mantener a Harmes a salvo a toda costa. Pero Kevin Harmes sabía que si March se enteraba de la presencia de la policía, pondría en peligro el arresto.

"Señor, si durante una simple fracción de segundo cree que ustedes están cerca, va a salir corriendo", estaba diciendo Kevin. "Y tiene los medios para evitar el arresto indefinidamente, señor".

El capitán Harvey Meyer caminaba detrás de su escritorio, con las manos entrelazadas detrás de la espalda. "Harmes, si crees que te voy a enviar a esto para que pueda jugar contigo al gato y el ratón, estás completamente equivocado".

Carter habló. "Señor, permítame. Hemos estado trabajando en esto desde el principio, y los hechos que hemos descubierto señalan a este enfermo. Creo que, aunque sea peligroso para Harmes ir solo, al menos inicialmente, es la única manera".

El Capitán Meyer se detuvo y miró a Carter, su cabeza giraba "no", rotundamente.

Harmes respiró profundo. "Escuche, Capitán. Iré a las nueve; estaré conectado para que pueda monitorear todas las interacciones. Mantenga al equipo de respaldo fuera del perímetro, al menos fuera de la vista, hasta que yo dé la palabra. Entonces puedes enviarlos en ejecución. Pero si él los ve, correrá antes de que yo llegue a la puerta principal. Necesito media hora para obtener una confesión completa; solo deme treinta minutos, por favor".

El Capitán Meyer se sentó en su escritorio y miró por la ventana mientras consideraba la sugerencia de Harmes. Después de un momento, miró al detective con ojos pétreos. "Bueno. Aceptaré tu propuesta. Pero si siento algo como si hubiera un problema antes de confesar, entramos, incluso si no das la palabra. Entonces, ¿cuál será la palabra?".

"Simple", dijo Harmes con una sonrisa. "¡Acción!".

Meyer le devolvió la sonrisa. "Bueno. Entonces, repasamos el plan y lo hacemos sólido. A las ocho y media, te diriges allí. Estaremos a cuatro cuadras de distancia en autos sencillos; si te escuchamos, venimos. Si todo suena tranquilo, no entraremos hasta que hayas dado la palabra. ¿De acuerdo?".

Tanto Carter como Harmes asintieron y dijeron al unísono: "De acuerdo".

El resto del tiempo ese día, hasta que llegó el momento de que Harmes se fuera, lo pasaron preparando a los oficiales que estarían en el equipo de arresto y preparando a Kevin para su cable. Tuvo que ducharse y afeitarse el pecho. Para las ocho de la noche, el corazón de Harmes comenzó a golpear; se estaba acercando el momento, y su cuerpo lo sabía mejor que él.

Él estaba nervioso. Sin embargo, no quería dejarlo pasar y darle al Capitán Meyer alguna razón para querer cambiar las tácticas que habían acordado, por lo que mantuvo un exterior calmado y tranquilo, incluso realizó algunos chistes y habló de deportes con el resto de los muchachos. Pero el hecho era que todo lo que Kevin Harmes podía pensar era sobre el nivel de enfermedad que Miles March le había demostrado al mundo. ¿Qué le impediría simplemente cortarle la garganta a Harmes? Tal vez ese era su plan de todos modos.

Pero algo dentro del veterano detective decía lo contrario. Harmes pensó que sabía exactamente por qué March quería pasar tiempo con él, y no tenía nada que ver con matarlo directamente. Si se mantenía fiel a la forma psicótica, querría que alguien se jactara de lo que había hecho, y no había mejor persona para escuchar eso que el policía que había intentado capturarlo.

Entonces, con todos esos pensamientos en mente, Kevin Harmes y su flamante cable estaban listos para llevar el programa a la carretera. A las ocho y veinte estaba armado, se había puesto la chaqueta y tenía las llaves del auto en la mano. Estaba sentado en su escritorio, calmándose con ejercicios de respiración profunda y escuchando al Capitán Meyer repasar el plan una y otra vez, con la ayuda de Joe Carter. Harmes descubrió que quería estrangular a los dos solo para que se callaran. Lo aguantó durante cinco minutos más antes de pararse y sostener sus manos hacia ellos con las palmas hacia afuera.

"Suficiente", dijo con calma. "Lo tengo, voy a estar bien". Se volvió hacia Meyer. "Simplemente ten a los hombres en su lugar, y todo esto va a salir como debería".

Tanto Meyer como Carter lo estudiaron por un momento antes de ofrecer asentimientos silenciosos. Entonces Harmes les dio la espalda a los dos y se fue de la sala de escuadrones. Era hora de moverse. Mientras dejaba que la puerta de cristal se cerrara detrás de él, podía escuchar al capitán preparando a todos para irse. Las cosas estarían bien.

El viaje a West Adams tomaría poco menos de treinta minutos. Harmes estaba seguro de que a March no le importaría si llegaba unos minutos antes. La idea hizo sonreír a Kevin; aquí estaba, a punto de encontrarse con un asesino en serie y sus pensamientos eran acerca de la puntualidad. Incluso soltó una risita nerviosa antes de sacudirse tanto de su estrés como pudo.

"Está bien", dijo Kevin mientras tomaba un GPS a la izquierda. "Me estoy preparando para bajar la calle hacia la casa. Espero que estén listos".

Condujo durante aproximadamente diez segundos, y luego llegó. Estaba oscuro, pero pudo ver que la pesada puerta de hierro estaba abierta de manera acogedora. Paró el automóvil y miró la propiedad; no había luces encendidas en el enorme hogar, y no había coches o cualquier otra señal de que Miles March pudiera estar dentro. Durante una fracción de segundo, Harmes sintió algo como alivio; tal vez el psicópata había cambiado de opinión.

Pero Harmes no lo creía. No, este enfermo querría asegurarse de hacer frente a su perseguidor. El ego de criminales como este no les permitía escatimar en lo que respecta a la atención y el reconocimiento, y Harmes estaba bastante seguro de que March lideraba la lista cuando se trataba del ego. ¿Quién hace una película y luego comete asesinatos de acuerdo con lo que ha creado? Un gran egoísta, ese es quién.

Kevin entró a través de la puerta lentamente. Apenas cruzó el umbral por completo, la puerta comenzó a cerrarse detrás de él, confirmando sus sospechas: Miles March, también conocido como Donovan Cannon, estaba esperando adentro, y se había asegurado de que él tuviera el control de todo.

"Acabo de entrar, y la puerta se está cerrando detrás de mí, a pesar de que la casa está a oscuras". Harmes estaba tratando de mantener a sus hombres informados tanto como pudo. Tenían que saber acerca de una puerta cerrada de hierro forjado, lo cual era seguro. "Voy a estacionar y salir; después de eso no escucharán nada intencional de mi parte".

Harmes giró a la derecha y estacionó el carro, manteniendo sus ojos pegados a la casa y atento por cualquier movimiento. Todo parecía estar perfectamente quieto. Apagó la ignición y puso su mano en su revólver de servicio. March nunca dijo nada acerca de que fuera desarmado.

Kevin salió del auto y cerró la puerta con la cadera. Fue justo en ese momento que notó la puerta de entrada; estaba abierta de par en par, y no había nada más que oscuridad dentro. Su corazón comenzó a latir con fuerza; se sentía como si estuviera en una película de terror. No estaba seguro de que su corazón pudiera soportarlo.

Con su arma en alto, Kevin comenzó a acercarse lentamente a la mansión. Estaba dando pasos lentos, moviendo su arma de izquierda a derecha y de regreso a medida que se acercaba al edificio.

"¿Hola?", gritó. "March ¡Estoy aquí! ¡Es Harmes, y estoy solo!".

Kevin se calló mientras escuchaba algún tipo de respuesta, pero sus palabras se encontraron con el silencio. Comenzó a dar un paso hacia adelante otra vez cuando notó que la mano de su arma temblaba. No haría nada para que March viera sus nervios o cualquier tipo de miedo, así que comenzó a inhalar y exhalar profundamente para controlar los temblores.

Cuando llegó al porche gigante, dio el primer paso, luego se detuvo y escuchó. Nada más que un rumoroso follaje encontró sus oídos. Entrecerrando los ojos en la oscuridad, miró de izquierda a derecha y luego a la puerta de entrada. Harmes comenzó a subir los escalones de nuevo, tan lentamente que uno pensaría que era un viejo lisiado tratando de ganar terreno.

Ahora estaba en el porche, y estaba satisfecho de que no hubiera nadie afuera con él. Las luces de la calle iluminaban una gran escalera dentro de la casa, que se hizo evidente después de que él estaba justo en frente de la puerta. Kevin respiró hondo y entró a la casa.

"March", él gritó una vez más. "¡Estoy aquí, justo como querías! ¿Quieres hablar? Aquí estoy".

Una vez más, sus palabras fueron recibidas con silencio. Harmes siguió mirando a su alrededor, haciendo lo mejor que pudo para ver en la oscuridad, y apuntó su arma a donde fuera que mirara. Podía oír el viejo lugar crujir a su alrededor, y el sonido envió escalofríos por su espina dorsal.

De repente, Harmes escuchó un fuerte golpe. Parecía venir de arriba en alguna parte, y él sacudió sus ojos y su arma en la dirección de la que venía. Justo en ese momento llegó el sonido de un objeto de metal rebotando en el suelo. Harmes giró automáticamente en la dirección del ruido, con ambas manos en su arma ahora. Sus manos temblaban como si fueran hojas en el viento.

Algo cayó sobre su cabeza con gran fuerza. Su arma voló de sus manos, y se puso de rodillas. Después de una fracción de segundo, se desplomó en el suelo boca abajo, completamente inconsciente.

"Bienvenido, detective Harmes", dijo Miles March en la oscuridad mientras cerraba la puerta principal. "Gracias por venir solo".

R.W.K. Clark

CAPÍTULO 27

Kevin Harmes tenía dolor de cabeza.

Estaba en una nube oscura, o eso le pareció a su mente, y estaba tratando de salir de ella. Sus ojos se abrieron de golpe, y todo lo que pudo ver fue una tenue luz a su izquierda, que logró iluminar los objetos circundantes, pero todo lo que distinguió eran siluetas oscuras en forma de gotas. Sacudió la cabeza un poco, tratando de despejarla, pero la sacudida hizo que su cabeza palpitara peor.

"De todos modos, como estaba diciendo, te agradezco que hayas escuchado con tanta paciencia".

Era la voz de Miles March. Kevin cerró los ojos, luego los abrió de nuevo y parpadeó rápidamente. Los detalles de su entorno se estaban aclarando ahora. Estaba en una habitación llena de cajas y cofres, y el maniquí de una costurera yacía en el suelo, con el brazo que faltaba a unos metros de él. Había ventanas en la habitación, pero estaban cubiertas. Cuando se le borró la vista, Kevin pudo ver por las miradas que estaba en lo que parecía ser un ático u otra área de almacenamiento. Tanto sus manos como sus pies estaban atados a los brazos y las piernas de una silla vieja.

De pie frente a él, con una sonrisa enfermiza en su rostro, estaba Miles March. Colgando de una mano, que extendió ante él, estaba el cable de Kevin. Con la otra mano, sostuvo su dedo índice sobre sus labios sonrientes, lo que significaba que Kevin necesitaba callarse.

"Has sido muy generoso al escuchar mi historia", continuó March. "Lo aprecio, de verdad lo hago".

Kevin miró hacia abajo y vio que su camisa colgaba hecha jirones de su cuerpo. Hacía mucho frío en la habitación, y la piel de gallina cubría su cuerpo Miró hacia atrás en March.

"Aprecio que compartas, pero podría necesitar que repitas algunas cosas", dijo Kevin. "Creo que estaba un poco ido".

Él supo de inmediato que March había continuado llevando a cabo una especie de conversación unilateral después de noquearlo. Probablemente lo hizo para detener a las tropas. Kevin miró la cara del hombre en busca de un cambio de expresión, y se produjo en la forma en que su amplia sonrisa desapareció a la vez.

"Entonces, ¿dónde están, Kevin?", preguntó.

Le tocó a Kevin sonreír. "Aquí no, obviamente, pero no muy lejos. No vendrán hasta que yo diga".

La sonrisa de March regresó. "Bueno".

Su atención se dirigió a unos pocos montones grandes de lo que parecían ser álbumes de fotos. Estaban pulcramente apilados justo a su lado, como si estuvieran esperando. Kevin esperó pacientemente también.

"Mi madre era actriz, pero estoy seguro de que ya lo sabes", comenzó. "Te lo dije una vez, pero nunca me cansaría de contarlo de nuevo. Es bueno tener a alguien que realmente te escucha".

Hizo una pausa y metió el cable en su chaqueta, luego sacó un cuchillo de filete de aspecto siniestro. Lo agitó un par de veces en busca de Kevin, luego se inclinó y recogió uno de los álbumes.

"Sí, ella era una actriz", continuó, "pero también era una mujer cruel de proporciones astronómicas. Verás, ella me odió desde el momento en que nací. Ella me odiaba con violencia y venganza. "Míralo tú mismo".

March se acercó a Kevin y se arrodilló ante él, colocando el álbum sobre su regazo. Abrió la portada para que Kevin la viera. "¿Ese bebe? Soy yo. ¡Qué pastel!". El uso de la voz del bebé por parte del hombre le dio escalofríos a Kevin. El tipo se había roto por completo.

Ahora March se sentó con las piernas cruzadas en el suelo, poniéndose cómodo. "¿Alguna vez lastimarías a una criatura tan preciosa e inocente? ¿Alguien que tú conozcas?".

Kevin negó con la cabeza, y March pasó la página.

"Bueno, Ruth Cannon lo haría". Dijo March.

Harmes miró hacia abajo una vez más para ver al mismo bebé con viciosas cuchilladas que bajaban por sus diminutas piernas.

"Siéntete libre de navegar", dijo March ligeramente. Con hábil movimiento usó su cuchillo para cortar las cuerdas que ataban las manos de Kevin mientras se ponía de pie, y él asintió con la cabeza hacia el álbum para aclarar lo que quería que Kevin hiciera antes de comenzar a caminar. Mientras hablaba, clavó su cuchillo aquí y allá en el aire para enunciar sus palabras. "Ella era una 'reina del grito'. La adoraban porque podía gritar como ninguna otra, y el hecho de que fuera hermosa también ayudaba hermosa. Pero luego todo cambió para ella".

Hizo una pausa para ver el efecto, mirando aturdido a la habitación y luego a Kevin. "Ella estaba saliendo del estudio una noche y fue violada. Pero el fulano no solo la violó, sino que también le cortó la lengua de su cuerpo para un recuerdo. La dejó embarazada de mí. Su carrera cinematográfica se arruinó. Ella despreciaba cada aliento que yo tomaba".

Inmediatamente, el pensamiento de Kevin fue a la última víctima de los asesinatos del Carnicero de la Taquilla, Myron Dennis. Su lengua también había sido cortada, y había sido un violador condenado. Kevin sabía que había sido el violador que cometió el crimen contra Ruth Cannon.

"Me odiaba tanto que la única cosa que hizo que mi presencia fuera tolerable para ella fue hacerme daño".

Mientras March hablaba, Kevin comenzó a hojear lentamente el álbum, y cuando terminó March colocó otro frente a él. El número 1969 estaba en su portada, y Kevin supuso que era un año. Él lo abrió y comenzó a pasar las páginas.

"Entonces, ella me cortaría", continuó March, "con un cuchillo casi como este. Si la molestaba, si hablaba demasiado, o incluso si no hablaba en absoluto. A veces si mi respiración era demasiado fuerte".

Kevin podía oír la agitación crecer en la voz de March. "Continuó, y siguió, y siguió, y siguió. Pensé que continuaría toda mi vida. Intenté tanto que ella me amara. Me senté en silencio; froté sus malolientes pies. ¡Pero Todo lo que ella quería hacerme era cortar, cortar y cortar!".

Agarró otro álbum y lo tiró en dirección a Kevin, haciéndolo saltar. El álbum en su letra cayó al suelo justo cuando el lanzamiento de March golpeó la pared detrás de él. Kevin vio como el hombre comenzó a lanzar los álbumes por toda la habitación frenéticamente.

"Incluso me metí en las películas", decía. "Odiaba las películas, ¡pero lo hice pensando que ella podría amarme, finalmente! ¡Pero No!".

Corrió con toda su fuerza hacia Kevin, se detuvo frente a él con el cuchillo afuera, luego se dio la vuelta y caminó tranquilamente de regreso a donde había estado parado. "No podía soportarlo más, así que di a la asquerosa un bocado de su propia medicina y me deshice de ella. La saqué de su miseria de una vez por todas. ¡Pero entonces! Entonces, tuve la idea de mi obra maestra".

March se calló. Estaba mirando al techo otra vez, esta vez sus ojos se calmaron y se nublaron con lo que parecía ser satisfacción. Él estaba sonriendo e incluso comenzó a tararear.

"Sr. March", comenzó Kevin, "lo siento".

March siseó y giró su brazo en dirección a Kevin, el cuchillo se sacudió en su mano de una manera siniestra. "Cállate, estúpido", escupió March. No tienes idea... Bueno, no tienes nada por lo que disculparte. ¡Soy un hombre adulto, y lo que he hecho para arreglar las cosas es algo que nunca, nunca entenderás! Estoy hablando en este momento, ¡No tú! ¡Yo!".

Kevin cerró la boca y asintió. Miles March lo miró, y después de un minuto pareció que se había calmado. Él continuó con su historia.

"Entonces, la maté. Y un día, decidí que si no podía amarme cuando estaba viva, ella me amaría desde el infierno". Bajó la mirada hacia la hoja de su cuchillo y la movió al azar, observando cómo la luz que provenía de la linterna en el rincón más alejado rebotaba juguetonamente.

"Haría una película sobre todos los cortes, sobre las cosas que me hizo a mí", dijo con nostalgia. "Pero en la película podría hacerlo a otras personas, y tal vez me ayudaría a lidiar con la negrura interior. Pero todo lo que me obligó a hacer fue querer cortar yo mismo, así que lo hice. Luego, encontré a Myron Dennis, y supe que podía arreglar todo con mi madre, así que escribí sobre el asesinato de un personaje como él. De esa manera, cuando haya terminado la película, podría cortarlos por mí mismo. Podría mostrarle a Ruth que soy un hombre de verdad".

Miró a Kevin. "¿Ya lo entiendes?".

Todo lo que Kevin pudo hacer fue asentir, esperando apaciguar al asesino. March observó el gesto y comenzó a reír, luego dio un paso hacia donde estaba Kevin. Sacó una cuerda de su bolsillo y comenzó a asegurar las muñecas del detective una vez más.

"Creo que entiendes el punto de las imágenes", dijo mientras trabajaba. "No creo que necesites ver más".

Cuando terminó, dio un paso atrás como para admirar su propio trabajo. Cuando estaba a un metro de distancia, sacó el cable de su bolsillo y lo desconectó suavemente de la batería y lo dejó caer al suelo. El corazón de Kevin se hundió, sabía que sus hombres no serían capaces de decir que se había desconectado de inmediato.

"Ahora, quiero que sepas cómo se sintió ser yo cuando crecía".

Se acercó a Kevin lentamente, arrodillándose ante él una vez más. March sostuvo el cuchillo frente a la cara del policía. "¿Ves estas pequeñas puntas en el extremo? Duelen como no tienes idea".

Kevin comenzó a retorcerse cuando March acercó el cuchillo cada vez más cerca de su rostro. El hombre estaba descontrolándose a causa de su miedo. De repente, con un movimiento de la mano tiró de una de las puntas por la mejilla izquierda de Kevin. Inmediatamente, pudo sentir el cálido hilo de sangre que rezumaba por la incipiente hendidura de su piel. Él cerró los ojos con fuerza, pero no gritó.

"¿Oh, no lo suficiente como para obtener un grito de ti?", preguntó March. "¡Intentemos esto!".

El hombre hundió el cuchillo de filete en el muslo de Kevin justo cerca de su rodilla. Ahora el detective hizo más que gritar. Gritó en serio, y March comenzó a reír como si estuviera completamente entretenido.

"¡SI! ¡Ya está! ¡Has capturado el dolor que siente el personaje!".

El dolor estaba causando que Kevin viera estrellas, y la sangre se filtraba a través de sus pantalones a una velocidad alarmante. Justo en ese momento supo con gran claridad que el sujeto iba a matarlo. Ese había sido su plan desde el principio. ¿Pero cómo esperaba escaparse una vez que el trabajo estuviera hecho? ¿Dónde diablos estaba su equipo de respaldo?

Ahora March estaba bailando en círculos frente a él, con el cuchillo firmemente en la mano. Estaba tarareando una canción alegre, y sus pasos estaban seguros. Este tipo estaba tan loco como un demente. Bailaba según la canción que estaba tratando de hacer, y de repente cargó hacia delante y enterró el cuchillo en el hombro derecho de Kevin.

Pareció en ese mismo momento que Kevin sabía que iba a morir.

Esta vez, cuando March sacó la hoja, no retrocedió. Él no comenzó a bailar, despotricar o tararear. Simplemente volvió a clavar el cuchillo en el cuerpo de Kevin una y otra vez. De repente, el detective dejó de sentir el dolor y la habitación comenzó a desvanecerse en los bordes de su visión.

Luego llegaron las sirenas.

Kevin Harmes parecía escucharlos desde donde su mente estaba yendo, y por una fracción de segundo pensó que el hermoso sonido venía del Cielo. En ese momento se dio cuenta, con algo todavía parpadeando en el fondo de su mente, que el apuñalamiento se había detenido. Quizás ya estaba muerto.

Sus ojos se abrieron de golpe, y vio a Miles March parado frente a él, con el cuchillo en la mano colgando a su lado. Miraba hacia una de las ventanas cubiertas, y tenía la cabeza ladeada como si tratara de captar un sonido que solo él podía oír. Las sirenas se hicieron cada vez más fuertes, y la menguante mente de Kevin se dio cuenta de repente de que su equipo venía por él. Volvió débilmente la cabeza hacia la misma ventana que March había estado mirando. Cuando miró hacia atrás, Miles March había desaparecido.

Kevin exhaló en voz alta y las lágrimas cayeron por sus mejillas, causando ardor en la herida de la izquierda, cuando comenzó a llorar. Podía escuchar las sirenas con claridad, y justo cuando escuchaba los neumáticos en la grava, se dio cuenta de que estaban allí para salvarlo. Él no sabía qué hacer, por lo que comenzó a gritar por ayuda de inmediato.

En menos de un minuto los policías comenzaron a inundar el ático. Uno estaba llamando a una ambulancia, mientras que un par de ellos se centraron en desatar las cuerdas que lo ataban. Las linternas inundaban la habitación y le causaban estrabismo y sacudidas por el brillo.

"¿Dónde está él, Kevin?". Joe Carter estaba arrodillado frente a él. "¿Adónde se fue March?".

Kevin miró sin comprender. ¿Dónde se había ido March? Él había estado allí hace un momento.

Joe miró rápidamente por encima del hombro a un policía uniformado. "¡Hemos perdido al sospechoso! Extiéndanse y registren cada habitación de la casa y cada centímetro de terreno, ¡rápido!".

Harmes cerró los ojos y echó la cabeza hacia atrás. Estaba tan cansado. Si pudiera tomar una pequeña siesta, quedaría como nuevo.

"Kevin... Kevin...".

Sus ojos se abrieron lentamente. "Quédate con nosotros, hermano", decía Carter. "El transporte está en camino. Necesito que te quedes conmigo ahora".

Pero el detective Kevin Harmes simplemente no podía mantener los ojos abiertos.

∞

Cuando Miles March escuchó las sirenas supo que su pequeño plan podría deshacerse.

Al principio, el sonido lo había sobresaltado, y se congeló donde estaba parado. Pero no le había llevado mucho tiempo retroceder a la realidad, y huyó en una fracción de segundo. Incluso se había olvidado del maldito policía que había dejado atrás.

Había salido por la parte trasera de la casa. Miles conocía esta casa y las propiedades circundantes mejor que nadie en el planeta. La casa estaba rodeada por un parche bastante grande de bosques densos. Cuando era chico, había un sendero que los atravesaba y que terminaba en un claro. En ese claro había una pequeña pista improvisada que el amigo de su madre, Webster Morton, había usado a menudo cuando era joven. Ahora, su propio avión, el más pequeño de los tres, estaba esperando allí para él, preparado y listo. Siempre había sido parte del plan desviar a los policías con sus aviones, y luego usar uno para escapar de sus garras.

Cuando llegó al borde del bosque, no había un sendero evidente como el que esaba cuando era joven. Ahora estaba cubierto de hierba. Pero Miles sabía exactamente dónde estaba el camino principal de ese sendero, y pronto corrió a toda velocidad por el bosque oscuro, tan seguro como si hubiera sido algún tipo de animal nocturno.

Cuando llegó al claro su avión estaba esperando, listo y en marcha, preparado para llevarlo donde necesitaba estar para mantenerse a salvo. Volaría una corta distancia hasta donde tenía un automóvil esperando, y desaparecería del lugar.

Cuando comenzó a subir al avión, se volvió justo a tiempo para ver las linternas; venían por el bosque. Simplemente dio un paso completo y aseguró la puerta. Mientras se abrochaba el cinturón y el avión comenzaba a tomar vuelo para llevar a Miles, los policías rompieron la línea de árboles.

Segundos más tarde, volaba por el cielo nocturno, lejos de Los Ángeles, y lejos de la casa de West Adams.

"¿A dónde más podría haber ido?".

El Capitán Meyer estaba parado con Joe Carter en una habitación privada del hospital. Kevin Harmes acababa de tomar conciencia después de haber tenido una cirugía para reparar el daño causado por el traicionero cuchillo de filete. Ahora, incluso en su estado debilitado, inducido por el tratamiento para el dolor, Kevin no quería nada más que averiguar dónde podría haber volado el Carnicero de la taquilla. Negó con la cabeza en respuesta a la pregunta del capitán; parecía todo lo que tenía la energía para hacer en ese momento.

Carter habló. "Con todo su dinero y recursos, ahora podría estar en cualquier lugar".

Habían pasado horas desde el sangriento ataque a Harmes en la casa de West Adams. Se había sometido a cirugía, pasó por una operación postoperatoria y ahora estaba en una cama de hospital vendado y furioso. Nunca se había sentido tan inútil en su vida.

El celular del capitán comenzó a chillar en voz alta.

"Meyer", respondió.

La cara del hombre era tan ilegible como una piedra mientras escuchaba lo que se le estaba diciendo en el oído. Kevin volvió a la cama con los ojos entreabiertos, mirando a su superior y esperando, mientras Joe Carter jugaba con su mano izquierda. Después de un breve momento, Meyer gruñó, dio un agradecimiento a medias y desconectó la llamada.

"Ese fue el Sargento Warren", dijo Meyer rotundamente mientras continuaba mirando el teléfono celular que tenía en la mano. "Un automóvil perteneciente a Miles March pasó por un acantilado en Pacific Coast Highway hace unas horas. Los vehículos de emergencia están en la escena ahora, pero parece que March estaba en el asiento del conductor. Su cuerpo quedó quemado hasta quedar crujiente".

Joe miró a Meyer con la boca abierta. Kevin negó con la cabeza y cerró los ojos. Su risa no fue más que una risita sarcástica al principio, pero luego se convirtió en una histérica en toda regla.

El enfermo del cineasta nunca iría a juicio. En un acto final de desafío Miles March había considerado apropiado quitarse la vida. Kevin Harmes, remendado por el ataque del hombre, no estaba nada sorprendido.

"Todo un final", dijo a través de su risa y sus lágrimas.

EPÍLOGO

El sol, en grandes naranjas y morados, se iba a la cama y se metía pulcramente en las profundidades del mar.

La arena arrojó pequeños dardos de luz que el sol menguante rebotó en ella. Justo cuando los rayos moribundos brillaban en el agua, bailaron en la orilla. Era impresionantemente hermoso, y no había ningún lugar como este en la Tierra. También era tranquilo; solo se escuchaba el sonido del océando besando la orilla.

La isla estaba fuera del territorio continental de Cuba, y no era más que un lugar en el mar en el gran esquema de las cosas. Estaba tan aislada que causaba una sensación de soledad, por lo que aquellos en el continente la habían llamado 'Oculto Isla Diablo' o Hidden Devil Island. Para aquellos que habían acuñado el nombre, no podría haber sido más apropiado.

De vuelta de la costa, entre los árboles y arbustos, había un hogar. No era demasiado grande, pero la mayoría de las veces resultaba cómodo. Se completó hace casi un año. Ahora estaba cálidamente iluminado, con los signos reveladores de la vida dentro. A la derecha de la casa, en la parte trasera, había un gran helicóptero sentado en el medio de un claro. Era la única salida de Oculto Isla Diablo, pero no había ninguna razón para irse; Hidden Devil Island era literalmente... el Paraíso.

Una pequeña ventana estaba ligeramente agrietada hacia la parte delantera de la casa para permitir que el aire circulara lo mejor que pudiera. Desde afuera de la ventana se podía escuchar el sonido de la voz de un hombre. El hombre hablaba español, al igual que la persona que escuchaba. Era un periodista en un programa de noticias de televisión, y estaba entregando las últimas noticias al público.

Su informe consistía en una historia sobre un famoso hombre estadounidense que comenzó a matar. Había asesinado a más de siete personas de las que las autoridades sabían, y luego intentó asesinar a un detective de Los Angeles durante una reunión. Según el informe, el hombre, productor y director de cine, había escapado de las garras de la policía y desaparecido, solo para morir en un accidente automovilístico cuando conducía su vehículo por un acantilado en la Pacific Coast Highway en los Estados Unidos. El periodista terminó su informe con una sonrisa; no hay preocupaciones para los estadounidenses ahora que el asesino estaba muerto.

De repente, la televisión se puso negra. El hombre que había estado mirando arrojó el control remoto en el sofá junto a él, luego se levantó y se desperezó lentamente. Hizo crujir sus nudillos y salió. La playa en este momento de la noche era uno de sus lugares favoritos para estar en el mundo.

Dejó la lujosa casa descalzo y caminó por la playa hasta que estuvo a unos tres metros de la costa. Cerró los ojos e inhaló los aromas que flotaban a su alrededor. Tampoco había olores como estos en ninguna parte.

Cuando abrió los ojos, pensó en el noticiario, y le trajo una sonrisa a la cara. El cuerpo de Cory Caine ciertamente había cumplido su propósito. Habían tenido la misma altura y peso aproximado; a las autoridades les tomaría mucho tiempo descubrir la verdad, si es que alguna vez lo hacían. Su sonrisa se ensanchó, y comenzó a reírse.

Pronto, la risa se convirtió en una carcajada en toda regla. Le pareció gracioso lo estúpidos que eran todos, cuán torpes. Aquí estaba, cómodo y rico, una casa completamente nueva y con un nombre aún más nuevo. Oh, sí, las cosas iban a funcionar perfectamente.
Ya casi había terminado con el guión de su próxima película...

PETICIÓN

Mi creatividad se nutre de lectores como usted. Si ha disfrutado de esta novela, le ruego que escriba una reseña, y comparta su experiencia. Háblele a un amigo o a un ser querido de este libro. A cambio, le ofrezco un gran agradecimiento desde el fondo de mi corazón.

Humildemente y con gratitud,

RWK Clark

ADICIONALMENTE

Obras de RWK Clark

En español

Pluma de Sangre El Despertar
ISBN-10: 1948312999 ISBN-13: 978-1948312998

Guardián Del Hermano
ISBN-10: 1948312913 ISBN-13: 978-1948312912

Muerte en el Agua
ISBN 10: 1948312506 ISBN 13: 978-1948312509

El Carnicero de la Taquilla
ISBN-10: 1948312514 ISBN-13: 978-1948312516

Invadidos Estados Cautivos
ISBN-10: 1948312069 ISBN-13: 978-1948312066

En inglés

Passing Through
ISBN-10: 1948312018 ISBN-13: 978-1948312011

Requiem for the Caged
ISBN-10: 1948312026 ISBN-13: 978-1948312028

Zombie Diaries Homecoming Junior Year
ISBN-10: 0997876778 ISBN-13: 978-0997876772

Zombie Diaries Winter Formal Junior Year
ISBN-10: 0997876786 ISBN-13: 978-0997876789

Zombie Diaries Prom Junior Year
ISBN-10: 0997876794 ISBN-13: 978-0997876796

Out to Sea: Festival of Hues
ISBN-10: 099787676X ISBN-13: 978-0997876765

Box Office Butcher: Smash Hit
ISBN-10: 0997876751 ISBN-13: 978-0997876758

Stolen Blood: Dawn of a New Era
ISBN-10: 0997876743 ISBN-13: 978-0997876741

Permanent Ink: Deadwalkers
ISBN-10: 0997876735 ISBN-13: 978-0997876734

Passage of Time: Search for the Fountain of Youth
ISBN-10: 0997876727 ISBN-13: 978-0997876727

Shattered Dreams The Man in Blue
ISBN-10: 0997876719 ISBN-13: 978-0997876710

Dead on the Water Abandon Ship (Zombie Cruise)
ISBN-10: 0997876700 ISBN-13: 978-0997876703

Brother's Keeper A Novel of Murder and Deception
ISBN-10: 0692744746 ISBN-13: 978-0692744741

Blood Feather Awakens The Timebound Rebirth
ISBN-10: 0692734082 ISBN-13: 978-0692734087

Lucifer's Angel The Church of Satan
ISBN-10: 0692733280 ISBN-13: 978-0692733288

In The Depths (DeSai Trilogy Book 1)
ISBN-10: 0692721932 ISBN-13: 978-0692721933

Witches Immortal (DeSai Trilogy Book 2)
ISBN-10: 0692722165 ISBN-13: 978-0692722169

Lucien's Reign (DeSai Trilogy Book 3)
ISBN-10: 069272219X ISBN-13: 978-0692722190

Living Legacy Among the Dead
ISBN-10: 0692517243 ISBN-13: 978-0692517246

Overtaken Captive States
ISBN-10: 0692489312 ISBN-13: 978-0692489314

ACERCA DEL AUTOR

Soy padre de dos hermosos niños, Jon y Kim. Son mi fuerza motivadora, mi faro en este vasto océano. Son el aire que respiro en esta vida; ellos son el oasis en este desierto de incertidumbre. Son mi mayor alegría en la vida, y mi prioridad número uno. Tengo una larga lista de aficiones, que atribuyo a mis ganas de vivir. Me gusta rodearme de personas positivas que comparten los mismos intereses. Los valores de la familia, las artes, el aire libre, la naturaleza, y los viajes son prioridades en mi lista. Me gusta asistir a eventos culturales y artísticos porque creo que la autoexpresión dramática es la ventana al alma. Llevo mi corazón en la manga, todavía creo en la caballerosidad, y siempre trato a la gente como desearía que me tratasen a mí.

www.rwkclark.com